JN007892

落語速記はいかに文学を変えたか

淡交社

櫻庭由紀子

はじめに

落語や講談などの伝統話芸にハマったのは高校生の時だ。今と違いオタクに市民権などなく、クラスで浮きまくっていた私に「落語が好き」などと言う勇気はなかった。友人にも親にも妹にも内緒の趣味であった（妹にはバレていたらしい）。

駅前の古書店で買った1本500円のカセットテープを、夜中に隠れてこそこそ聴いていた。孤独と劣等感に押しつぶされていた私の10代は、「死神」と「小言幸兵衛」と「中島みゆきのオールナイトニッポン」とともに再生される。

幼い頃からテレビなどの動画が苦手だった私にとって、音だけで楽しめる落語は実に心地よい娯楽だった。

だがしかし、困ったことに私は活字中毒でもある。気に入ったラジオドラマや映画は必ず原作やノベライズを買って読んでいたほどだ。ところが落語と講談に文字情報はない。「演芸速記」を知ったのは、湧き上がる活字欲求に耐え切れず、いよいよ自分でカセットの音源を文字起こししようかと思い始めた矢先だった。

見つけたのは、例によって駅前の古書店である。「名人落語集」みたいなタイトルで、雑誌のオマケのような体裁だ。本を手に取り凝視していると、店主が初めて声をかけてきた。

「そのシリーズ、こっちにもあるよ」

たまに来る薄暗い女子高生が、日焼けした落語本を手に取って固まっている。よほど異様だったと思う。1冊100円だったので、4冊全部買い求めた。

駅で読もうかと思ったが、同じ高校の生徒に会いそうなのでやめた。家に帰って読もうにも、母親に見つかったら捨てられてしまう（彼女に古書の理解はなかった）。考慮の結果、私は家から離れたバス停の掘っ立て小屋に入り、本を開いた。

三遊亭圓朝（さんゆうていえんちょう）の「怪談乳房榎（かいだんちぶさえのき）」。知らない落語である。文字と言葉を追う。言葉が脳内で会話となり、高座になる。

読める。読める。読める。ほろほろと涙が出てきた。

「これは文学だ」

文学が何たるか、わかっていないのは百も承知だ。しかし私は、落語を読んで確かに感情を動かされ落涙した。

だから私は、文字となった「怪談牡丹燈籠」を読んだ明治の人々の衝撃を思う。高座を見たことも聴いたこともない人々が読む演芸速記は、果たして「草紙」か、それとも新たな「小説」だったのか。

インターネット全盛期となり、全国どこでも演芸を動画で見ることができる現在となってもなお、レコードの録音に間に合わなかった三遊亭圓朝の落語を知るには、これまでもこの先も先人が写し取った演芸速記しかないだろう。

本書では、そんな演芸速記と近代文学の境界と交差を、ロマンとノスタルジアへの偏向を自覚しつつ考察する。

私は多分、たとえ動画や音声で圓朝の高座が残されていたとしても、速記本を求めるだろう。

写された言葉の集合からしか得られない熱量が、明治、大正、昭和の演芸速記にはあるのだ。

目次

江戸っ子と文芸

高座の再現と独自性の表現

速記と芸人

4章 小説と話芸速記の境界線 147

演芸から小説、小説から演芸

5章 演芸速記を読んでみると 199

引用文については、読みやすさを考慮し、旧字体やかなづかいを改め、ルビを追加し、句読点を補うなど適宜修正を行った。

1章

演芸速記と言文一致の誕生

速記第一号！　怪談牡丹燈籠

演芸速記とは何か

落語や講談は「話芸」と言い、情景を映像（芝居）で見せる歌舞伎とは異なり、口演、つまり言葉と身振りだけで伝える芸能である。

落語は「話す」、講談は「読む」という。落語の高座でよく例に出る「扇子を箸にして、どんぶりを持つ格好をして蕎麦をすする」という演技は目を楽しませるが、落語や講談の鑑賞を「聴く」とするように、話芸は耳からの情報が大きい。聴いて楽しむ芸能だと言えよう。

現在のようなインターネットも趣向に特化した有料チャンネルもなく、録画した映像メディアの視聴のハードルが高かった昭和50年代頃まで、落語や講談の高座を知る方法として、「聴く」「見る（高座を実際に見る）」の他に、「読む」があった。それが「演芸速記」である。

演芸速記は、主に落語や講談などの話芸における口演筆録をいう。通常「速記本」といい、速記本といえば多くは落語の口演記録である。講談の場合は「講談本」という。

速記本が生まれたのは明治に入ってからである。それまではなかったのかといえば、「速記」というものではなかった。

芝居の場合は「合巻（ごうかん）」があり、芝居をノベライズしたり、反対に戯作（げさく）（小説）を歌舞伎にしたものがあった。また、落語や講談の場合は噺家や講釈師が創作して書いた根多（ねた）（演目、噺）がそのまま本となった。つまり、演じたセリフなどの言葉を書き取り記録したのではなかった。

「速記」は、速記文字や速記符号という特殊な記号を使い、人が話している言葉を書き記す技術である。現代に入っても国会や地方議会の記録には速記が使われていた。しかし、2007年までに衆参両院の速記者の養成所が廃止され、2008年にはパソコン入力、2011年には自動音声入力が採用されている。地方議会においても速記を廃止した自治体は多い。

日本における速記の歴史は、自由民権運動も盛んな明治15（1882）年に遡る。文明開化期に、田鎖綱紀（たぐさりこうき）（別名：源綱紀）という人が、アメリカのグラハムが改良した速記術を日本語に適用し、『日本傍聴筆記法』を発表、指導を始めた。ここに弟子入りするのが、後に演芸速記を手掛ける若林玵蔵（わかばやしかんぞう）や酒井昇造（さかいしょうぞう）である。

徳川幕府が終わり明治の御一新となった日本では、西洋文化を積極的に取り入れ近代化を目指す。この中に、速記もあった。録音技術がなかった時代、政治家などの演説や議会での発言を記録する必要があり、その技術が求められていた。

アルファベットの組み合わせである西洋の言葉と、仮名文字に漢字が入り混じった日本の言葉とでは、勝手が違う。田鎖らは、早く正確に書ける日本式の速記を研究した。若林は「仮名文字ばかりでは、何程練習しても速度が進まない」と苦労を記している。

研究はなかなか進まず、「思ふやうに速度が進まないから集まった人々は追々倦怠を来し」8人いた研究員は徐々に減り、残ったのは若林と酒井だけになってしまった。

「圓朝（えんちょう）の高座をそのまま速記しないか」

明治17（1884）年7月。若林の元に京橋の出版社から依頼が来たのは、そんな時だった。

読む「怪談牡丹燈籠」の誕生

速記の研究が始まってから、若林たちは議会や講演の記録を速記でとっていた。しかし、これを議事録とする際には文語に直した。発言をそのまま速記したものを「然り而して」「豈夫れ然らんや」などと書き改めていたのである。この時代、口語体は正式な文書になり得ず、後世に記録として残すためには文語体に整えなければならないと考えられていたのだ。

若林の師匠である田鎖は、話した言葉が文語体によって変えられてしまうのでは、実際に傍聴したものとは違ったものになることに問題を感じていた。

言文一致は、文学の現場だけではなく、政治の上でも、つまり世界の中の日本として近代化を歩むうえで、避けては通れない課題だったのだ。

だがしかし、政を担う人々の頭は固く、なかなか速記に理解は得られず研究も進まない。

明治維新後、近代化を目指す日本は教育に力を入れ、もとより高かった識字率をさらに高めた。これまで、寄席に行って落語や講釈を聴いていた大衆が新聞や本を読み始めると、文語体の文章が大変に読みにくく感じられたのは当然だろう。

口語を速記して、そのまま文章化して読み物とする。

しかも、読み物となるのは人気落語家の三遊亭圓朝。

実は圓朝の高座の速記については、速記者の小相英太郎（こあいえいたろう）が内輪で「真景累ヶ淵（しんけいかさねがぶち）」を書きとっていた。しかしそれは内輪に過ぎず、世に出てはいない。

進まない研究に頭を抱えていた若林に声をかけた東京稗史出版社は、速記本『怪談牡丹燈籠（かいだんぼたんどうろう）』を大々的に売り出すという。

「お引き受けしましょう」

若林は、その話に乗った。

さて、この「怪談牡丹燈籠」。やたら長い。そして話は大変に複雑だ。

というのも、当時の寄席は上席（月の前半）と下席（月の後半）と15日ずつで、この15日間かけてひとつの噺をかける。長い人情噺を15日間かけてやることで、毎日通う客を見込んでいるのだ。

さらに、人情噺の多くは歌舞伎や読本の構成を真似ているため、人間関係もストーリーも複雑で、二つ三つの話が絡み合う。

このため、「怪談牡丹燈籠」は1席30分としたって、15日間なのだからめちゃくちゃ長い。

実は、落語や講談の高座でかける部分の、あの有名な「カラン、コロン」という下駄の音と共にやってくるお露（つゆ）の幽霊や、貼ったお札が剝がされるシーンなどは、前半の一部である。

本来の牡丹燈籠全体は、黒川孝助（くろかわこうすけ）という武士のドラマとお露新三郎にまつわる怪談事件が別枠で交互に進み、後半で狂言回し役の人相見（にんそうみ）と高僧の導きで合流する。お露は孝助の主人である飯島平左衛門の娘であり、新三郎は平左衛門や孝助と一切絡まない。

しかも、前半で怪談噺だと思わせておいて、真実は新三郎の死因は金欲しさに伴蔵が幽霊騒ぎにこじつけて殺したという、完全犯罪を匂わすミステリーになっている。

この牡丹燈籠は幕末の文久年間に、圓朝が創作した。最初からこの形だったかはわからないが、御一新となってから日本は近代化に突き進んでおり、怪談噺は荒唐無稽と排除される風潮にあった。

前半ががっちり怪談なのが、後半に行くにつれてミステリー仕立てになっていくのは、そういった時代背景もあったのだろう。

若林と同僚の酒井は、人形町の末廣亭（すえひろてい）（現在の新宿の末廣亭とは別物）の楽屋に通い、圓朝の高座を速記した。この速記がまとめられたものが毎週土曜日に発刊され、大変な売れ行きとなった。一冊7銭5厘で、計13冊に及んだ。

若林は『若翁自伝』で、

> 「圓朝の『牡丹燈籠』で十分売込んであるのを話の儘に読めるということが評判になって、雑誌は非常な売行であった。『牡丹燈籠』の雑誌の表紙の裏面にも、速記文字でかいたものを掲載したから、速記の広告にもなった。圓朝の話は速記に依って世間に紹介され、速記は圓朝の話に依って紹介された結果を得た」

東京稗史出版社の怪談牡丹燈籠 第3編の挿絵｜国立国会図書館デジタルコレクション｜幽霊となったお露と新三郎が契る。その様子を、下男で長屋に住む伴蔵が発見する。

と振り返っている。

速記本13冊はまとめ買いで87銭だったが、圓朝はこの簡易装丁がお気に召さず、後に創作『塩原多助一代記』を圓朝の注文通りの装丁で出したら1円50銭になってしまい、12万部というベストセラーにもかかわらず採算が取れなかったという。いかにも圓朝らしい逸話である。

東京稗史出版社の怪談牡丹燈籠第1編表紙｜国立国会図書館デジタルコレクション

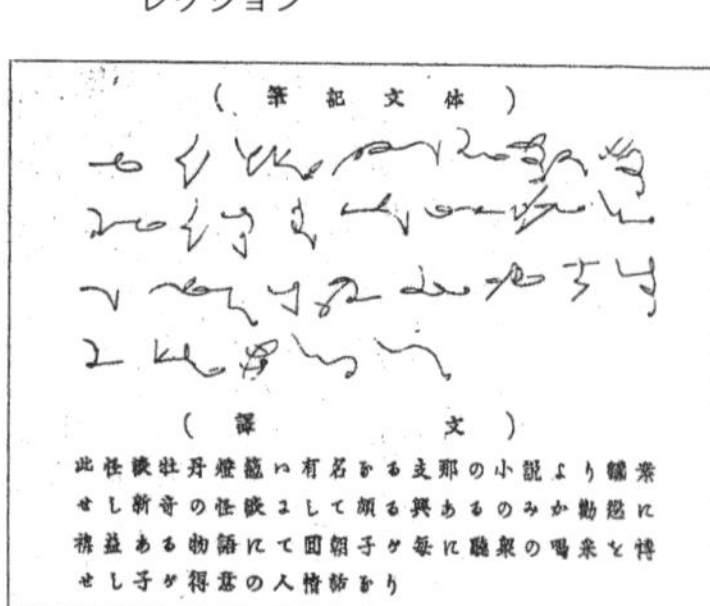

表紙裏にある速記記号｜国立国会図書館デジタルコレクション

言文一致体に可能性をみる文壇

ともあれ、ここに口語をそのまま書き取った本が誕生した。書かれている文章を読むと、確かに明治の口語だろうというものがみえる。

「されども婦人は口もきくしサ動きもします、僕などは助平の性だから余程女の方が宜しい、マア兎も角も来たまえ」

「今日は嬢様に拝顔を得たく参りました、此処に居るは僕が極の親友です、今日はお土産も何にも持参致しません、エヘ、有難うございます、是は恐れ入ります、お菓子を、羊羹結構、萩原君召し上れよ」

山本志丈という太鼓持ちの医者が、お露と恋に落ちる萩原新三郎を連れてお露が住む柳島の寮にやってくるシーンだが、「僕」「君」「〜たまえ」などすっかり明治の言葉になっている。この物語の時代設定は寛保で、徳川吉宗が将軍だった頃の話ということになっている。明治からは随分と古いはずなのだが、圓朝は普通に「今時」の言葉で話していたのがわかる。

地の文にも当時の口語が見える。

其の中上野(うち)の夜の八ツの鐘がボーンと忍ヶ岡の池に響き、向ヶ岡の清水の流れる音がそよ〳〵と聞え、山に当る秋風の音ばかりで、陰々寂寞世間がしんとすると、いつもに変らず根津の清水の下から駒下駄の音高くカランコロン〳〵とするから、新三郎は心のうちで、ソラ来たと小さくかたまり、額から腮(あご)へかけて膏汗(あぶらあせ)を流し、一生懸命一心不乱に雨宝陀羅尼経(うほうだらにきょう)を読誦して居ると、駒下駄の音が生垣の元でぱったり止(や)みましたから、新三郎は止(よ)せばいいに念仏を唱えながら蚊帳を出て、そっと戸の節穴から覗いて見ると、いつもの通り牡丹の花の燈籠を下げて米(よね)が先へ立ち、後には髪を文金の高髷に結い上げ、秋草色染の振袖に燃えるような緋縮緬の長襦袢、其の綺麗なこと云うばかりもなく、綺麗ほど猶怖く、これが幽霊かと思えば、萩原は此世からなる焦熱地獄に落ちたる苦しみです、（後略）

高座特有の、流れるような口調が凄みを増している。

「カランコロン」の駒下駄の音は、圓朝と共に大看板を並べた講釈師の松林伯圓(しょうりんはくえん)に「圓朝は贅沢だ。幽霊に下駄を履かすんだから」と言わしめた、話芸ならではの演出だ。

この速記に、人々は衝撃を受けた。あの圓朝の高座をそのまま「読める」のだから、テレビもラジオもネットもない時代にあって、言葉を写し取る速記は、まさに近代化の象徴として人々の目に映っただろう。

衝撃を受けたのは、市民だけではなかった。文壇も、この口語体の文章「言文一致体」に新たな表現の可能性をみた。
『怪談牡丹燈籠』の再版版に序文を記したのは、『小説神髄』で近代日本文学の成立に寄与した坪内逍遥（つぼうちしょうよう）だった。

> およそありの儘に思う情を言顕わし得る者は知らず〳〵いと巧妙なる文をものして自然に美辞の法に称うと士班釵（すぺんさぁ）の翁はいいけり真なるかな此の言葉や此のごろ詼談師（かいだんし）三遊亭の叟（おじ）が口演せる牡丹燈籠となん呼做（よびな）したる仮作譚（つくりものがたり）を速記という法を用いてそのままに謄写（うつ）しとりて草紙となしたるを見侍るに通篇俚言俗語（つうへんりげんぞくご）の語（ことば）のみを用いてさまで華あるものとも覚えぬものから句ごとに文ごとにうたた活動する趣ありて（後略）

難しくて回りくどい。つまり、人々が話す言葉だけを用いて本として読めるようになったことで、読みやすく登場人物たちの行いや心情がよくわかる、と概ねそんな意味のことを記している。

文壇において、文章とはこのように堅苦しく遠回しで、誠に読みにくい文語体であった。より簡易で、リアルで、ダイレクトな文章表現。この『怪談牡丹燈籠』の速記が、明治の文章表現を大きく変革する一里塚となったのだ。

三遊亭圓朝が明治にもたらしたもの

圓朝とは何者か

三遊亭圓朝『怪談牡丹燈籠』の評判にあやかり、速記落語は華々しく世の中に誕生した。とはいえ、なぜ圓朝の高座が人気であり、その速記はなぜ売れたのか。

まずは、圓朝像と幕末明治の時代背景からみていこう。

言文一致体の礎となったことで、うっかり文学史にも名を連ねてしまった三遊亭圓朝は、落語界的には言わずと知れた「近代落語中興の祖」である。古典の人情噺を主とする三遊派の落語家にとっては、現代に至るまで「神」のような存在。「怪談牡丹燈籠」や「真景累ヶ淵（しんけいかさねがぶち）」からの「豊志賀（とよしが）の死」、「死神（しにがみ）」「怪談乳房榎（かいだんちぶさえのき）」「鰍沢（かじかざわ）」「名人長二（めいじんちょうじ）」など、圓朝の落語は真打にとって難題極まりない越えられない壁だ。

その名跡は偉大で恐ろしすぎて未だに空き名跡だし、二代目を継ぐ予定だった初代三遊亭圓右は、一度もその名前で高座に上がることなく、当然襲名の披露目もなく病で亡くなっている。その後誰も継いでいない。超怖い。

実は、昭和の名人と名高い六代目三遊亭圓生に、「二代目三遊亭圓朝」襲名の打診があったらしい。しかし、圓生はその話を断った。

「圓朝は圓生の弟子でげすよ？　なぜあたしが弟子の名を継がねばならないんです？」

超怖い。

そんなわけで、本書執筆現在において圓朝の名を誰かが継ぐという話は出ていない（私が知っている範囲では）。呪いが解けるのはいつなのか。

とまあ、そんな雲の上の話をしていても仕方がないのだが、三遊亭圓朝という存在が大変に偉大で、やたらに面倒であることが垣間見えたと思う。

そんな三遊亭圓朝は、天保10（1839）年4月1日に

「円朝全集 巻の一」口絵より（春陽堂）｜国立国会図書館デジタルコレクション

江戸の湯島で生まれた。本名は出淵次郎吉。三遊派の総帥、宗家とされている（これが圓生と圓朝の名跡をややこしくしている）。明治33（1900）年8月11日に没した。享年61。

父親は初代 橘屋圓太郎という芸人で、その子である圓朝は幼い時分から橘家小圓太の名で高座に上がっていた。巧かったらしい。やがて父親と同じ二代目三遊亭圓生に弟子入りする。この二代目圓生が、大変に厳しい師匠だったと圓朝は語っている。

草鞋を履くことを許さず雪の日でも雨の日でも裸足で歩かせたり、稽古でも修業の場でもちょっと違うことをすれば拳が飛んでくる。しかも、その拳に根拠はない。師弟関係のしきたりは理不尽なことが多く、それは古い時代になるほど理不尽さは増すのだが、「今どきの噺家にこのくらい難儀したものはありますまい」と幕末明治の圓朝が語る程だった。

あんまり理不尽なので、圓朝は修業に挫けて歌川国芳に弟子入りして絵を描いたり、母と共に兄がいる谷中の長安寺に同居して座禅の修行をしたりした。

後の圓朝の創作落語に漂う「因果」と「業」はこの時期に培われたのだろう。「真景累ヶ淵」や「牡丹燈籠」「死神」の根底に漂う救いのなさや無常感は、圓朝噺の大きな特徴だ。

一時は芸人から離れてみた圓朝だが、再び高座へ上がるために圓生の元に帰る。芸人は芸人でしか生きられない定めだ。しかし帰ってみたところで師匠・圓生のパワハラめいたしごきは変わらない。

様々な苦汁をなめ、安政2（1855）年3月、真打昇進となる。といってもこの頃は、今のように協会があるわけではないので、どこかの寄席で真を打つ、つまりトリを取ることが「真打昇進」だった。

真を打ってほしいと圓朝に打診した寄席は、青山南町の久保本。中流の寄席ではあるがありがたい。ところが条件があった。良好な関係であるとは言えない師匠・圓生を助（スケ）（応援出演）に出さねばならなかったのだ。

席亭としても、客が取れるか取れないかわからない若造に一任するわけにはいかない。圓生の助は、圓朝がコケた時の保険であった。

師匠・圓生との確執から生まれた新作

背に腹は代えられぬ。圓朝は恐る恐る師匠に相談。すると、

「真を打つか。それはめでたい。しっかり務めてやるから安心おし」

通常、真打披露目の際、師匠は助で出て新真打に花を持たせる。あれだけ自分につらい仕打ちをしたとしても、やっぱり師匠なんだ。よかった！

すっかり安心した若き圓朝。ところが、そうは問屋が卸さない。

「なぜ」

当日、圓朝は真っ青になった。助に出た圓生は、圓朝がかけようとした「小烏丸（こがらすまる）」を素噺（扇子と手拭いだけで演じること）でやってしまったのだ。

寄席の決まりでは、前に出た演目と似た噺をかけることは「噺がツく」といってやってはならない。ましてや、同じ演目などご法度中のご法度だ。

なぜ圓生が、圓朝がかける噺を知ることができたのか。

この頃の圓朝は、背景セットや鳴り物を入れる「芝居噺」で評判を得ていた。なので、当然この日も芝居噺をやるために、演目に合わせた道具一式を持ち込んでいる。圓生はその道具をみれば、弟子が何をかけるのかがわかってしまうのだ。

この日はどうにかこうにか別の噺を拵（こしら）えてしのいだ。ところが、次の日も「繋馬雪陣立（つなぎうまゆきのじんだて）」をケロリと先にかけられてしまう。3日目は「芝居風呂（しばいぶろ）」、4日目は「駒長（こまちょう）」、5日目は「小雀長吉（こすずめちょうきち）」。全て圓生に先くぐりされてしまう。

「明らかにわざとだ。ようし、ならば師匠が知らない噺をやっちまおう」

圓朝がこれまでかけようとした噺は、みな圓生から稽古されたもの。だから先を越されてしまう。後日、圓朝はこの事件について「師匠は自分の道を切り拓くことを教えるためにやったこと」と語っているが、これは圓朝が「名人」となったから言えることで、この時は多分「淀五郎（よどごろう）」注1の如く「こいつ、どうしてくれよう」だったと思う。

8日目。圓朝は立て看板を久保本の表に立てた。

「新作道具噺　今晩よりご高覧に奉供候　圓朝敬白」

圓朝の新作「おみよ新助」の封切りだ。これが大当たり。客は大いに喜んだ。もうひとつの「累双紙」（安政6年に「累ケ淵後日の怪談」となる）では大道具に大仕掛けで、本雨まで降らせた。芝居好きな江戸っ子たちは大喝采。ここに、名人・三遊亭圓朝が誕生した。

正岡容の『小説圓朝』によると、圓朝が圓生に礼を言いに行っても会ってくれなかったという（そりゃそうだろうな、という気もする）。その後も、圓生に裏切り者扱いされ弟子たちの前で土下座を強いられるなど、なかなかなパワハラを受けた。

圓生は文久2（1862）年に没する。晩年は弟子たちに見捨てられ、最後まで面倒を見たのは散々パワハラを受けて煮え湯を飲まされた圓朝ただひとりだったという。

「お前にあんなにひどい仕打ちをして……。許しておくれ」

「そんなことを言っちゃ嫌です。師匠のおかげで、今のあたしがあるんです」

圓朝は号泣し、圓生を許した。このエピソードは美談として残る。「懐の大きい師匠思いの圓朝」像として、だ。

二代目圓生の圓朝に対するいじめは、早くから才能を見出したからこそであり、自らも噺を創作しており、今でも圓生原作の噺は残る。耳が良く創作力もある噺家だったと思われる。

ただ、こんな性格（主観です）の圓朝が名人になったばかりに、二代目圓生は「弟子の技量に嫉妬してパワハラする尻の穴の小さい芸人」として伝わることになってしまった。

圓朝の行動はそんな未来込みだったのではないかと思ってしまう（主観です）。最高の復讐は「成功」という、良くできた事例ではないか。

速記の可能性を読んだ牡丹燈籠

さて、そんな圓朝が「怪談牡丹燈籠」を発表したのは、真打事件から9年ほど経った25歳の時である。圓生が亡くなった翌年か同年であり、既に黒船が来航し、桜田門外の変があり、時代は明治維新へとカウントダウンが始まっていた。

「怪談牡丹燈籠」は、中国の『剪燈新話』にある「牡丹燈記」や、これを元ネタとした浅井了意の『伽婢子』をベースに、牛込の旗本家で起きた怪談めいた話を綯い交ぜにして拵えた、圓朝のオリジナルだ。これも大いに評判となり、子どもたちが「カランコロン」と真似るほどだったという。

圓朝がその都度評判をとる噺を書いていけたのは、圓朝の創作力ということもあるだろうが、当時参加していた創作畑とそのパトロンたちが催す三題噺の会の影響が大きいだろう。詳細は後の章で述べるが、この会には後のジャーナリストである条野採菊や仮名垣魯文、後の黙阿弥となる河竹新七、三遊派と柳派としてライバルとなる談洲楼燕枝がいた。

幕末から明治初頭にかけて新作の戯作が低迷し、新たなエンタメに飢えていた人々にとって、わかりやすく江戸を感じられる噺は「これぞ求めていたもの」だったのだろう。さらに、「どこかで聞いた噂」「どこかにあった本当の話」を新たなエンタメに拵えるのは、圓朝の真骨頂であった。

圓朝は次々と幕府や新政府、企業の要人と交遊を広げた。明治5（1872）年には芝居噺に規制が入り、いち早く芝居噺から素噺（道具を使わずに扇子と手拭いだけで演じる）に転向したのも、圓朝の高い先見の明がうかがえる。

速記第一号に圓朝の「怪談牡丹燈籠」が選ばれ評判になったことは、圓朝の読みが当たったものだと私は思う。

出版社と若林玵蔵が圓朝に速記許可を頼みに行くと、圓朝は答えた。

「ようがす。どうぞ速記とやらで私の話をお取りなさい。客席じゃ不便だから、楽屋から入って私の側で取りなさい」

厚遇である。圓朝は、この新しい速記という技術が自分の噺を広め、落語や講談が広く世間に知れ渡る可能性を見抜いていたのだろう。

牡丹燈籠の速記は、ドイツ人のランケがローマ字に直して、ドイツの大学で日本語の教科書に採用したという。カランコロンは海を超えてしまった。
　まさかここまで影響が出るとは圓朝は考えなかったかもしれないが、確信犯の噺家・三遊亭圓朝はこうして近代文学の歴史に名を連ねたのだった。

注1　「淀五郎」 歌舞伎役者の成長を描いた古典落語の演目。市川團藏に叱咤激励されるも嫌がらせとしか感じられない淀五郎が、「團藏を殺して俺も舞台で腹を切って死んでやる!」と思い詰めるシーンがある。

三遊亭圓朝の墓(東京都台東区谷中・全生庵)
墓石には山岡鉄舟の筆により「三遊亭円朝無舌居士」とある

小説とは何か 文壇の試行錯誤

戯作の時代

近代文学史的には、この時期の文学は3つに分かれる。いわゆる物語を書いたエンタメ色の強い「戯作文学」、西洋の文学を日本語に翻訳した「翻訳文学」、自由民権運動から活発となった「政治文学」だ。

このうち、戯作文学が後の「小説」のカテゴリへと変革するのだが、小説の近代化は先に述べたように芸能・演芸が大きく関わる。そのとどめが「怪談牡丹燈籠」だったというわけだ。

三遊亭圓朝は圓生亡き後、自らが広告塔となって三遊派の復興を目指し、新作を量産して弟子を育成した。先に述べたようにジャーナリストや戯作者、講釈師、噺家、脚本家などのクリエイターたちも創作連に参加して、やはり続々と新作を世の中に発表していた。

やがて時代は明治維新。とかく江戸幕府を否定したい新政府が打ち出す「近代化」に、庶民は「江戸」が忘れられず、いきなり「今日から近代化です」と言われたところで散切り頭を揶揄（やゆ）するくらいなものだった。

特に東京は、贔屓（ひいき）の徳川が薩摩の田舎侍に追い出され、自慢の千代田城は新政府に乗っ取られたという思いがあるものだから、早々に「近代化」へと手のひらを返すのも癪（しゃく）にさわる。当時の風刺画には「新政府が幕府を盗んだ」と、新政府を石川五右衛門に見立てた絵が出回ったほどだ。

そんなわけなので、読本の「自来也豪傑譚（じらいやごうけつものがたり）」や「白縫譚（しらぬいものがたり）」の人気は幕末からそのまま続いていた。圓朝が創作する新作の時代設定は軒並み「江戸時代」だったし、圓朝と大看板を並べる講釈師・松林伯圓が書いて読む本は白浪物（しらなみもの）だ。

河竹新七が書く歌舞伎の本も、やはり江戸時代からの歌舞伎の流れに則ったもので、続々

豊原国周「善悪鬼人鏡」から石川五右衛門｜東京都立図書館デジタルアーカイブ｜着物の文様を「い」の字にして、岩倉具視を太閤の首を狙った大盗賊・石川五右衛門に見立てている。

と人気作を放っていた。ここに「歌舞伎にも近代化を」というとんちきな演劇改良運動が活発化し、坪内逍遙までが「歌舞伎に合理性を」などと入り込んできた。「化物や因果応報など科学で証明できない、勧善懲悪など野蛮な時代遅れ」。しかし、勢いづいて拵えた新生歌舞伎だったが仮名垣魯文から「活歴」と揶揄され、新七も嫌気がさして匙（さじ）ならぬ筆を投げ、「黙阿弥」と改名してしまった。

とかく、文学芸能と近代化の相性は悪かったのである。

人情を写実してこそ「小説」

この戯作文学や旧来の芸能に真っ向から近代化の旗を掲げて挑んだのが、『小説神髄』の坪内逍遙だ。

逍遙は江戸文学、つまり戯作にどっぷり浸かった幼少期を過ごしている。だがしかし、明治維新となり西洋の文化に触れるにつれ、西洋文学と日本の戯作との大きな隔たりに衝撃を受ける。

「リアリズムじゃない！」

逍遙が愕然としていた当時、高橋お伝や妲己（だっき）のお百のような毒婦もの、伯圓や河竹新七の白浪物に加え、悲恋や復讐、怪談などの戯作は、「実に小説全盛の未曾有の時代といふべきなり」の状態であった。

小説本としての形態を試みた高畠藍泉（三世柳亭種彦）の『怪化百物語』は、ジャーナリストらしく文明開化騒動で起きた様々な出来事を風刺的に書き、為永春水の弟子で同じくジャーナリストとなった染崎延房も、世の中の艶事にエンタメ要素をたっぷりと含めて人情噺として連載していた。人々が楽しんでいたのはこういったエンタメ戯作だった。

ところが、これらは明治維新のお偉い先生たちから見れば「なんという非科学的な！」と目を剝く作品群だったのだ。

東大卒文学士である逍遙も例外ではなく、そんな世俗な小説は許せなかった。

「こんな、幽霊だの敵討ちだの因果因縁だのありえない。このままでは世界に後れを取ってしまうではないか！」

この熱い思いと、新たな小説の在り方を書いたのが、かの有名な『小説神髄』である。

『小説神髄』の中では、逍遙自身が慣れ親しんだはずの曲亭馬琴『南総里見八犬伝』をも全否定した。勧善懲悪を全否定し、八犬士については「仁義八行の化物にて決して人間とはいひ難かり」と断じた。

「玉を持って生まれてくるなんて、ただの化物で人間じゃないじゃん！」

八犬伝の設定とはそういうもので、当たり前ではないか。しかし当時の文壇は、逍遙のこの言葉で「その通りだ。日本の小説って荒唐無稽すぎてヤバくね！」と開眼したのである。その流れで馬琴の『南総里見八犬伝』の評価はだだ下がりして、1970年代になってようやく評価が復活したという。明治維新怖い。

小説の主脳は人情なり、世態風俗これに次ぐ。人情とはいかなるものをいふや。曰く、人情とは人間の情慾にて、所謂百八煩悩是れなり。

この有名な『小説神髄』の一説は、「小説の主眼」を論じたものだ。

小説とは人間の感情や心理を、美化せずにありのままに描くことが第一に大切で、次に世間の様子をありのままに書くことが肝要だとしている。

逍遙にとって、これまでの主人公が本懐を遂げる勧善懲悪も、ヒーロー・ヒロインの聖人君子ぶ

曲亭馬琴「南総里見八犬伝 9輯98巻 第二輯巻二」挿絵｜国立国会図書館デジタルコレクション｜伏姫から八犬士が生まれている。

りも、「リアル」ではなかった。科学的に証明できるものではなかった。小説は「写実」であるべしと論じたのだ。

また、逍遙は自身が身を置こうとしている「文学」を、芸術として高めようともしていた。この頃、戯作は大変に軽く見られており、同時に戯作者・小説家の地位も低かったのだ。

これは、歌舞伎を大衆芸能から高尚な芸術に高めようとした運動にも似ている。歌舞伎は目論見通り、高尚でご立派な芸能に変身を遂げた（これが嫌で黙阿弥は遠ざかったのだが）。現代でも、歌舞伎座に行くためのドレスコードだのマナーだの知識だのと語る人が定期的に現れては、SNSで炎上している。

戯作の呪いが解けない逍遙自身の苦悩

『小説神髄』の出版は明治18（1885）年で、『怪談牡丹燈籠』の速記出版の翌年である。逍遙は「春のやおぼろ」というペンネームで、『怪談牡丹燈籠』の序を書いた。

> 単に叟の述る所の深く人情の髄を穿ちてよく情合を写せばなるべくただ人情の皮相を写して死したるが如き文をものして婦女童幼に媚んとする世の浅劣なる操觚者流は此の燈籠の文を読て圓朝叟に耻ざらめやは聊感ぜし所をのべて序を乞わるるまま記

して与えつ

べた誉めである。もっとも、頼まれた序文で貶すなどしたら掲載されないだろうから妥当な文ではあるのだが、注目すべきは「深く人情の髄を穿ちてよく情合を写せばなるべくただ人情の皮相を写して」だろう。

圓朝の牡丹燈籠は、お露と新三郎の悲恋と孝助による敵討ちの話が並行して進められている。しかも、登場するのはお露の幽霊であり、怪談と人情本と勧善懲悪という、逍遙がスカポンタンに攻撃した戯作の特徴を詰め込んだ噺だ。

しかし、ここが圓朝のうまいというか巧妙なところで、お露の幽霊は実は伴蔵の拵え事で、新三郎は祟りで死んだのではなく伴蔵が殺したという完全犯罪ミステリー仕立てにしてしまった。これにより、逍遙のいうところの「人情とは人間の情慾にて、所謂百八煩悩是れなり」の小説ができあがったというわけだ。

幽霊騒ぎと因果因縁を、お露と新三郎の愛欲や執念、伴蔵の欲に任せた殺人という、人が持つ業欲と罪に転換して描く。ここに「写実（リアル）」を見たのだろう。

逍遙は『小説神髄』のあと、これが写実文学だとばかりに『当世書生気質（とうせいしょせいかたぎ）』を発表した。ところが、無意識下で戯作の影響を強く受けていたのか、通俗的な設定や描写から脱せずに中途半端な仕上がりとなってしまう。逍遙自身も、勧善懲悪と人情本の呪縛からは逃れられなかったのだ。

その後小説から遠ざかり、演劇改良運動に首を突っ込んではみたものの運動は失敗に終わる。ただ、新しい演劇への機運は続き、逍遙が明治27年頃に書いた『桐一葉』は新歌舞伎の誕生に大きな影響を与えた。逍遙は島村抱月らと文芸協会を創設して新劇運動を始めるが、島村抱月と女優松井須磨子の恋愛沙汰が絡んで頓挫してしまった。

どこまでもしまらない逍遙。身をもって「リアル」を証明した形だ。

ともあれ、逍遙が提唱した「小説神髄」により、境界が混とんとしていた芸能・話芸と小説は別の道を歩むこととなった。「人情」をリアルに活写しようとする小説は、逍遙への批判や疑義と共に二葉亭四迷らに引き継がれる。

坪内逍遙「当世書生気質 前編」挿絵｜国立国会図書館デジタルコレクション

二葉亭四迷の予想外な成功

言文一致ことはじめ

二葉亭四迷、本名・長谷川辰之助は元治元（1864）年に、尾張藩士の息子として江戸市谷に生を受けた。東京外国語学校露語科を中退し、傾倒していた坪内逍遙の門を叩く。明治20（1887）年に近代写実小説を言文一致体で書いた『浮雲』を発表。この『浮雲』が近代文学の先駆的存在となり、日本の現代に至る小説をはじめとした文体を確立させたことは、まぎれもない事実だ。ところが、四迷にとっては想定外の出来事だった。

四迷は生涯『浮雲』を含めて3作しか小説を書いていない。多分、

二葉亭四迷「浮雲」（金港堂）｜国立国会図書館デジタルコレクション｜当時四迷は無名作家だったので、師匠である坪内逍遙の本名で出した。三刷でようやく二葉亭四迷名義となる。

自身の本業が小説家だとは思っていなかったのではないか。それでもこうして近代文学史に名を連ねるのだから、言文一致体の誕生は、日本にとってどれだけ大事件だったのかがわかろうというものだ。

もう何年ばかりになるか知らん、余程前のことだ。何か一つ書いて見たいとは思ったが、元来の文章下手で皆目方角が分らぬ。そこで、坪内先生の許へ行って、何(ど)うしたらよかろうかと話して見ると、君は圓朝の落語を知っていよう、あの圓朝の落語通りに書いて見たら何うかという。

で、仰せの儘にやって見た。所が自分は東京者であるからいう迄もなく東京弁だ。即ち東京弁の作物が一つ出来た譯だ。早速、先生の許へ持って行くと、篤と目を通して居られたが、忽ち礑(はた)と膝を打って、これでいい、その儘でいい、生じっか直したりなんぞせぬ方がいい、とこう仰有(おっしゃ)る。

二葉亭四迷「余が言文一致の由來」より

四迷が『浮雲』を言文一致体で書き始めたきっかけを語る、有名な一説だ。

逍遙の『小説神髄』に触発され、しかし『当世書生気質』には「これじゃない」感を抱いた四迷は「されば今書生気質の批評をせんにも予め主人の小説本義を御風聴して置かねばならず」と『小説総論』を書いた。

小説とはリアリズムを追求し人の感情「意」を書くべきだ。さらに、作為的な勧善懲悪の形に嵌めてはならない。最近では痔の治療でもするように、二三の先生たちが歯ぎしりして「勧懲、勧懲というのは何事か」というのも至極もっともである（本当にそう書いている）。

同時に四迷は、清元と常磐津の違いを挙げて、感情を如何にして文章で伝えるのか、そのもどかしさも伝える。

「清元節は粋で、常磐津節は身がある」というが、これは掛け算の九九の「二二が四」のように明確にわかるものではなく、受ける側の感情「意」の話なのだから、ここを文章としなければならない。ところが、「粋とか身とか、それっておいしいの？」という「剽軽者」には清元節と常磐津節を直接聞き比べさせれば事が足りる。

人の感情を、文章を使っていかにリアルに伝えるのか。このとき四迷は、具体的な解決策を持っていなかった。

とはいえ『小説総論』で論じた課題をそのままにしておくわけにもいかない。「意」を写し取る具体的な方法を探すには、自分でひとつ小説を書いてみなければならぬだろう。そこで四迷は逍遙に相談すると「圓朝の速記」の通りに書いてみたらどうだと言う。

ところが、圓朝の『怪談牡丹燈籠』は落語の速記だ。落語とは会話文で進むため、速記も自ずと会話文が主となる。地の文ではその情景の説明とか時の経過、場面転換が主であり、そこに感情の説明はない。

なぜか。落語は演芸だからだ。

感情の機微を、圓朝は文章ではなく自身の芸で観客に読ませているのだ。

「怪談牡丹燈籠」の速記と高座の関係については、岡本綺堂(おかもときどう)も『綺堂芝居ばなし』の中で「寄席と芝居と」に少年期の思い出を書いている。

ある時、牡丹燈籠の速記を借りて読んだ綺堂。

「大して怖くもないのに、何だってこんな話が有名なのだろう」

そんな印象のまま、近所の寄席で圓朝の怪談を聴く機会がやってくる。

「お前、怪談を聴きに行くのかえ。」と、母は嚇(ゆる)すように云った。
「なに、牡丹燈籠なんか怖くありませんよ。」
速記の活版本で多寡をくくっていた私は、平気で威張って出て行った。ところが、いけない。圓朝がいよいよ高座にあらわれて、燭台の前でその怪談を話し始めると、私はだんだんに一種の妖気を感じて来た。

落語というものはリアリズムを追求する。これは逍遙が提唱する前からのことで、落とし噺にだってリアルで残酷な笑いを含んでいる。だからこそ落語はおっかない。圓朝も、これでもか、という具合に牡丹燈籠に人の業と欲と愚かさを詰め込んだ。最後の最後まで、お露に惚れられた新三郎には何の救いもない。めちゃくちゃリアルでおっかないのだが、これをどう地の文で表現するのか。

清元の粋と常磐津の身の違いを感じたままに伝えるには、口語がわかりやすい。ありのままに「話すように」伝えるのだ。

若林玵蔵たちが圓朝の高座を「写し」取ったように、四迷は社会と人に蠢(うごめ)くリアルを言文一致体で「模写」しようとした。

江戸っ子四迷のべらんめえ調

そもそも、四迷は言文一致体で近代文学に革命を起こそうとして『浮雲』を書いたわけではない。この頃、文壇では文章改良運動が盛んに唱えられていたが、四迷自身は、この運動を背景に分析したり試行したりしようとしたわけではなかったらしい。

世俗を「模写」するには、文章を活かす技術なり能力が必要だと考えていた四迷は「元来の文章下手で皆目方角が分らぬ」ので、逍遙が言ったとおり圓朝速記のまねごとをしてみたというところなのだろう。

ところが、いざ書き始めると語尾はどうするのか、自分の話し言葉は東京弁だがそのままでよいのか、という問題が出てきてしまった。

そこで四迷が圓朝の速記に加えて参考にしたのが、式亭三馬（しきていさんば）の戯作だった。式亭三馬は江戸後期の戯作者で『浮世床』『浮世風呂』を書いており、そのまま落語として高座でかけられるほどに口語体だ。

> 僅に参考にしたものは、式亭三馬の作中にある所謂深川言葉という奴だ。「べらぼうめ、南瓜畑に落こちた凧じゃあるめえし、乙うひつからんだことを云いなさんな」とか、「井戸の釣瓶ぢやあるめえし、上げたり下げたりして貰ふめえぜえ」とか、「紙幟（のぼり）の鍾馗というもめツけへした中揚底で折がわりい」とか、（中略）
> 當時、坪内先生は少し美文素を取り込めといわれたが、自分はそれが嫌いであつた。
>
> 二葉亭四迷『日本現代文学全集　第4』「余が原文一致の由来」より

四迷は江戸っ子であった。文章も、深川言葉よろしく、べらんめえ調である。さらに、文章表現というよりはリズムを重視していた感もある。

『浮雲』の冒頭部分はいかにも講釈調なのだが、それでも後半になると、登場人物の心情の描写が生き生きとしてくるのがわかる。

> 見とれていた眼とピッタリ出逢う。螺の壺々口に莞然と含んだ微笑を、細根大根に白魚を五本並べたような手が持ていた団扇で隠蔽して、恥かしそうなしこなし。文三の眼は俄に光り出す。
>
> 「お勢さん」
>
> 但し震声で。
>
> 「ハイ」
>
> 但し小声で。
>
> 「お勢さん、貴嬢もあんまりだ、余り……残酷だ、私がこれ……これ程までに……」
>
> トいいさして文三は顔に手を宛てて黙ッて仕舞う。意を注めて能く見れば、壁に写ッた影法師が、慄然とばかり震えている。
>
> （中略）
>
> 吃驚して文三はお勢と顔を見合わせる。蹶然と起上る、転げるように部屋を駆出る。

但し其晩は是れ切りの事で、別段にお話しなし。

どうだろう。落語の「宮戸川（前半）」っぽくはないだろうか。「ここから先は、本が破れてしまってわからない」の、おなじみのあれだ。

当時、新聞には「つづきもの」で戯作や速記が連載されており、それは「読み聞かせ」を前提としていた。四迷も、読んで聞かせる東京弁のリズムを意識したのかもしれない。

小説など書きたくなかった四迷

かくして、『浮雲』は華々しく近代文学に言文一致体の誕生という金字塔を打ち立てたわけだが、話題性の高さに貢献したのは、新しい文体だけではなく当世風の内容を取り入れていたことも大きい。

『浮雲』は、明治中期の功利主義や官僚制の中で挫折していく青年の姿を描いている。主人公の内海文三は役所を免職となり、相思相愛のお勢は出世した同僚の本田昇にとられ、やがて文三は発狂寸前に追い込まれる。

文三が役所を免職となり非職となる状況は当時社会問題化しており、「非職免職」は流行語にまでなっていた。芸者まで茶を引くと「非職でござります」などと言い、座敷で酒を切り上げて食事の段になれば猪口を「免職」にした。

『浮雲』には当時の社会問題や流行語が地の文と会話文で存分にリアルに語られていたのだ。ちょうど当時、国粋主義と写実主義の流れで、近松門左衛門や井原西鶴が再評価されていた。近松が書く「心中物」は、金と身分の差でどうにもならなくなり、相思相愛の二人が死への道行となる。貧乏故に犯罪に手を染め、好いた女子を助けられず死に急ぐ。これらは、商業が発達し、貨幣が経済を回す社会の中で生まれたリアルだった。

『浮雲』は、まさに近松の心中物の現パロ（現代パロデイ）だった。鶴屋南北が『仮名手本忠臣蔵』の現パロとして『東海道四谷怪談』を書いたように、世の中の求める社会性と文壇が求める写実性がピッタリとはまったのだ。

四迷は、自作が祭り上げられている状態に置かれている自身を「詐欺師」だと言った。はしがきには「やみらみっちゃな小説が出来しぞやと我ながら肝を潰ぶして」とある。自身は小説の出来にまったく納得していなかったのだ。

生きていくためには小説のひとつでも書かねば金を得ることができない。しかし、それは世の中の芸術に対して申し訳ない。文芸を芸術の域に高める目的だったのに、それが何ひとつできていないのに作品が独り歩きしている。四迷は念入りに自信喪失していた。

結局『浮雲』は未完で終わらせ筆を折り、四迷は内閣官報局の官吏となる。その後、翻訳や東京外国語学校教授などを経て大阪朝日新聞の東京出張員となる。

時は新聞つづきものの全盛。周りの説得に負けて『其面影（そのおもかげ）』を東京朝日新聞に連載し、うっかり好評となったものだから続けて『平凡（へいぼん）』を発表してしまう。

しかし、小説家を男子一生の仕事にするつもりはない。特派員としてロシア・ペテルブルクに渡るも現地で肺炎と肺結核を併発し、帰国の船で不帰の客となってしまった。

四迷にとって、明治の文壇に革命を起こした現実はリアルではなかったのだろうが、その生き方こそべらんめえ調の落語みたいにリアルに満ちている。現実は小説より奇なり。

二葉亭四迷「其面影」｜国立国会図書館デジタルコレクション｜連載は東京朝日新聞。これを読んだ夏目漱石は「感服した」と感想を送ったが四迷は文士を恥じており、これを後日に知った漱石が「差し出た所為」と悔いている。

夏目漱石と大衆の笑い

江戸っ子夏目漱石

明治の文豪の代表的存在と言えば『吾輩は猫である』の夏目漱石だ。

漱石が『吾輩は猫である』を書き、文壇にデビューしたのは明治38（1905）年1月。二葉亭四迷が朝日新聞社に入社し、「そろそろ小説を書いたらいいんじゃない」と説得されている頃だ。

漱石はというと、ほぼ持病となった神経衰弱で低空飛行の真っ最中。あまりの様子に高浜虚子（たかはまきょし）が気晴らしにと「ひとつ小説でも書いてみないか」と勧めた。その結果誕生したのが『吾輩は猫である』である。

当初『ホトトギス』の読み切りだったが好評を博し、漱石は続編を書く。初回はデビュー作ということで虚子に添削を頼みそのアドバイスに基づいて書いているのだが、続編からは漱石独自の文体や作風が活きていて、社会風刺をユーモラスにコミカルに描いている。これ

夏目漱石『吾輩ハ猫デアル 上』大倉書店｜国立国会図書館デジタルコレクション

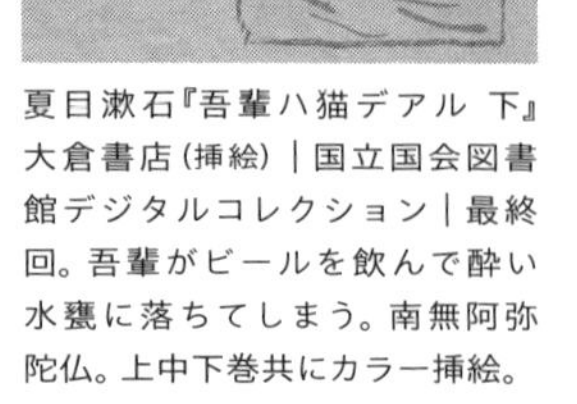

夏目漱石『吾輩ハ猫デアル 下』大倉書店（挿絵）｜国立国会図書館デジタルコレクション｜最終回。吾輩がビールを飲んで酔い水甕に落ちてしまう。南無阿弥陀仏。上中下巻共にカラー挿絵。

がさらに好評となり、『ホトトギス』の売り上げは上昇。全11回の連載となった。

夏目漱石というと、明治のあの時代に文部省のお金でイギリスに留学したり「アイ・ラブ・ユー」を「月が綺麗ですね」と訳したり（諸説あり）など、エリートでハイカラな学者先生というイメージが強いのだが、実は「洋食も西洋の風呂も便所も全く面白くないし、早く茶漬けと蕎麦が食べたい」と、ロンドンに向かっている（帰りではない）最中にぼやいてみせるガチの江戸っ子だ。

漱石の偉業については学校の国語便覧に任せるとして、ここでは江戸っ子としての漱石と寄席の関係についてみてみよう。

「猫」と落語ネタ

漱石は講釈や落語などの話芸を好んだ。特に落語は好きだったようで、虚子にあてた手紙などではよく初代三遊亭圓遊や三代目柳家小さんの高座について語っている。晩年は病気が進行し精神的にも余裕がなかったのか寄席に行くことはなくなったようだが、それでも柳家小さんの速記本を読んでいたという。

慶応3年1月5日（1867年2月9日）、江戸の牛込馬場下で名主の息子として生まれたわけだが、漱石の祖父は名代の大酒飲みの放蕩者で、一代で身代を潰している。

漱石の父親の代でどうにか立て直したのだが、この父親もやはり祖父の子で、一中節（いっちゅうぶし）を習い、なじみの芸妓がいたりした。漱石の次兄は父の骨董を持ち出して売り払い、その金で吉原通いをしてバレて勘当。その上の兄は道楽者で、従兄は通人。

家に居れば一日中声色（こわいろ）（人気役者の物真似）や素人落語をやっているし、彼らに連れられて神楽坂の寄席にも通う。よくこんな家庭環境の中で文豪・漱石が生まれたものだ。奇跡か。晩年になると寄席好きの漱石でも間男（まおとこ）もの（亭主がいない間に女房が男を連れ込むというパターンのネタ）を嫌っていたというから、反面教師だったかもしれない。

ともあれ、そんな環境の中で寄席に縁づくというのは自然の流れで、紆余曲折の後で学生となったあとも寄席に通っている。正岡子規（まさおかしき）との交際が始まったのも、ふたりが寄席好きという共通点からだ。子規にあてた手紙にも、兄と一緒に寄席で娘義太夫（むすめぎだゆう）をみた報告をするなどしている。

門下生たちが集まる木曜会でも、漱石は寄席での三代目小さんについて語る。

「君に小さんの渋みが解るのかい」と、すっかり田舎者扱いされたのには閉口した。（中略）先生の説明によると、「小さんの好い所は客と一緒になって笑わないで、自分一人糞面白くもないというような、始終苦虫でも噛んだような面（つら）をして、小言でも云うように、ぶつくさ口の中で云っている。それでいて落語（はなし）の中の人物は綺麗に話し分けて、持って行くべき所へは、ちゃんと手際よく持って行く。あれこそ真の芸術家

「東京自慢名物会」｜東京都立図書館デジタルアーカイブ｜東京の名所や芸者・芸人などを描いた錦絵。三遊亭圓遊、柳家小さんの文字がみえる。

だ」と云うのだ。

森田草平『夏目漱石 續』第六章「早稲田南町時代」より

プロの芸評である。聴いているからこそ出る語彙の豊富さがすごい。漱石の説明から、このころから既に柳家小さんの芸風は変わらないというのがわかる。

しかし、早いうちに影響が目に見えるのは、「ステテコの圓遊」こと初代三遊亭圓遊の高座だ。


「さていよいよ本題に入りまして弁じます」「弁じますなんか講釈師の云い草だ。演舌家はもっと上品な詞を使って貰いたいね」と迷亭先生また交ぜ返す。

心臓が肋骨の下でステテコを踊り出す。両足が紙鳶のうなりの様に震動をはじめる。

これは堪らん。

鼻だけは無暗に大きい。人の鼻を盗んで来て顔の真中へ据え付けた様に見える。

『吾輩は猫である』（以下『猫』）で、寒月が演説の稽古で「弁じます」と言ってしまい迷亭にからかわれている。また、比喩として「ステテコ踊り」が登場する。いずれも、圓遊の十八番だ。落語はマクラと本題の前に軽い口上を振るが、「一席弁じ上げます」が圓遊の口上だった。

苦沙弥（くしゃみ）先生の元に来た客人の鼻が大きいという描写は、「鼻の圓遊」とも言われた圓遊の大きな鼻を意識しているのだろう。読者はこの描写を読んで、脳内に圓遊の顔を思い浮かべたはずだ。

「杉原ではない、すい原さ。御前はよく間違ばかり云って困る。他人の姓名を取り違えるのは失礼だ。よく気をつけんといけない」

「だって杉原とかいてあるじゃありませんか」

「杉原と書いてすい原と読むのさ（中略）蝦蟆（がま）を打ち殺すと仰向きにかいえる。それを名目読みにかいると云う。透垣（すきがき）をすい垣、茎立（くきたて）をくく立、皆同じ事だ」

「ところでお出かけはいかがで……。どうも今日（こんにち）はお天気がいいもんだから、表はにぎやかでゾロゾロ、猫も杓子もつながって歩いてますが、大そうな人でげすよ」

「八っつぁん。あなたはときどきなにかいうのに重音片言（かたこと）が多くッていけないが、猫も杓子と今おっしゃったが（中略）、ちがってるどころじゃァない。女子（めこ）も若子（じゃくし）も出る、女子は女、若子は若い子と書くから、本来老若男女といってもらいたい……」

前者は『猫』で迷亭の伯父が知ったかぶりをするシーン、後者は圓遊の「やかん」の速記である。現在の「やかん」で八五郎に（いいかげんな）知識をひけらかすのはご隠居だが、圓遊は近所の若旦那でやっている。

『猫』の迷亭の伯父も「やかん」の若旦那も知ったかぶりで相手にドヤ顔でとうとうと述べているのだが、シチュエーションも口調もよく似ているではないか。

因みに、知ったかぶりする者を「やかん野郎」とか「酢豆腐野郎」というのは落語から来ている。といっても、最近ではとんと聞かない。

この他にも、落語を意識したくすぐりがちりばめられている。下心がある著者がこれをやると寄席好きな読者に向けた楽屋受け狙いにみられそうだが、漱石がやると全体の作品の雰囲気としっくり合っているので、嫌味にならないのがすごい。

今でも既に万遍なく擦り切れて、竪横（たてよこ）の筋は明かに読まれる位だから、毛布（ケット）と称するのはもはや僭上（せんじょう）の沙汰であって、毛の字は省いて単にツトとでも申すのが適当である。

これは「ケット（毛布）」が擦り切れて「毛」がなくなっているから「ツト」と呼ぶというくすぐりだが、落語では貧乏長屋のたたみがこれにあたる。「たたがなくってみばかり」というやつだ。

「何んでも昔羅馬（ローマ）に樽金（たるきん）とか云う王様があって……」「樽金？ 樽金はちと妙ですぜ」「私は唐人（とうじん）の名なんかむずかしくて覚えられませんわ。何でも七代目なんだそうです」「なるほど七代目樽金は妙ですな。ふんその七代目樽金がどうかしましたかい」「あら、あなたまで冷かしては立つ瀬がありませんわ。知っていらっしゃるなら教えて下さればいいじゃありませんか、人の悪い」と、細君は迷亭へ食って掛る。

迷亭と苦沙弥先生の細君との会話だが、細君の知識がおぼつかないので会話が成り立って行かない。これは「金名竹（きんめいちく）」や「厩火事（うまやかじ）」にみられる形だ。

滑稽の中に見える粋な笑い

この頃になると既にステテコ踊りなどの珍芸の人気は衰えていた。要するに世間が飽きたのだ。

圓遊もそこはさすが三遊亭圓朝の弟子で、ブームが過ぎてからは風刺や流行を取り入れ当世風に古典落語を改変し、カラリとした笑いの高座へと転換を図っていた。『猫』も、猫の視点で人間を斜に見ており、世相への風刺が多分にある。漱石が求める空気感が圓遊の高座とマッチしたのだろう。

漱石が、いわゆる江戸落語の本寸法である人情噺ではなく、滑稽落語を愛し自身の作品に取り入れたことも興味深い。ただ笑わせるのではなくどこか他人事で、爆笑ではなくクスッと笑えたり、考えた末に笑えるものだったり、その笑いは「粋」だ。西洋風に言えばエスプリというのか。

この笑いは、江戸っ子気質の「宵越しの銭は持たない」にも通じる。人間が持つ愚かしさ故の愛しさと哀しさ。どうしようもなくなって笑うしかない、ならば笑い飛ばしてしまえ。

漱石がデビュー作の『猫』を発表した翌々年に圓遊は没した。以後、漱石の作品には小さんの高座の影響がみえる。

小さんは天才である。あんな芸術家は滅多に出るものじゃない。何時でも聞けると思うから安っぽい感じがして、はなはだ気の毒だ。実は彼と時を同じゅうして生きている我々は大変な仕合せである。（中略）――円遊も旨い。しかし小さんとは趣が違っている。円遊の扮した太鼓持は、太鼓持になった円遊だから面白いので、小さんのやる太鼓持は、小さんを離れた太鼓持だから面白い。（中略）

与次郎はこんなことを云って、又「どうだ」と聞いた。実を云うと三四郎には小さんの味わいがよく分からなかった。

『三四郎』では、与次郎が小さん論を繰り広げている。噺家が一歩引いた視点で語る高座は、かえってリアルな「人間像」を浮かび上がらせる。突き放した噺が「笑い」となるのは、そこに慈愛があるからだ。

漱石の作品が明治の大衆小説として受け入れられたのも、そんな落語に通じるテーマが見えたからではないだろうか。一人称の猫が語る世俗は、実に「リアル」だ。

2章

高座を「読む」

人情噺

やまと新聞と演芸速記

エンタメ否定に戯作者廃業

戯作が低迷して人々が演芸速記を求めた理由には時勢があった。明治5（1872）年に発布された「三条の教憲（教則）」である。

三条の教憲とは、教部省から下々の者に下された新時代における国民の生活指針で、神を敬い国を愛し、天理人道に基づき、天皇を中心にした国家秩序を確立せよという。おまけに、尊皇愛国思想の教化を目的とした教導職に、神官・神職、僧侶などの宗教家の他に、落語家や歌人、俳人なども任命してしまった。宗教・芸能・文芸を民衆の教化に役立てようとしたのだ。

落語界からは三代目麗々亭柳橋（れいれいていりゅうきょう）（後の春錦亭柳桜（しゅんきんていりゅうおう））が代表として教部省に呼び出され、芸能の「由来書」を提出するように命じられた。六代目桂文治（かつらぶんじ）と圓朝（えんちょう）がこれを補佐して提出。講談界、戯作界からも提出され、社会と教育の向上に貢献する芸が求められた。芸能に明治新政府は何を求めていたのか。明治維新怖い。

由来書まで提出させたということはつまり、国民教化にならぬ戯作も高座もご法度ということだ。荒唐無稽な勧善懲悪も因果因縁も幽霊もダメ。史実は史実として芝居や講釈にせねばならない。今も昔も、エンタメを国に任せてろくなことになったためしがない。

徳川幕府の時も、寛政の改革や天保の改革でエンタメを排除した歴史はあった。しかしその都度、抜け道が用意されていた。大衆からそっぽを向かれたら幕府は死ぬと知っていたからだ。

ところが今回は、その徳川幕府をねじ伏せた新政府がやることだ。前例がない。得体が知れないものから身を守るには、協力してしまうのが一番。そこで出したのが、「著作道書き上げ」という上申書である。

出したのは仮名垣魯文(かながきろぶん)と条野伝平(じょうのでんぺい)（採菊(さいぎく)）。彼らは戯作者だがジャーナリストという名目で文章を書くようになっていた。「教則三条のご趣旨にもとづき著作つかまつるべし」と政府の方針に従うと宣言している。上申書は東京日日新聞に掲載された。

これは事実上の、仮名垣魯文と条野伝平の戯作者廃業宣言でもあった。

実は魯文と条野には策があった。魯文は新聞小説の前身をつくり、条野は三遊亭圓朝をはじめとした噺家や講釈師、そして最新メディアである速記者を巻き込む。「三条の教憲」は、

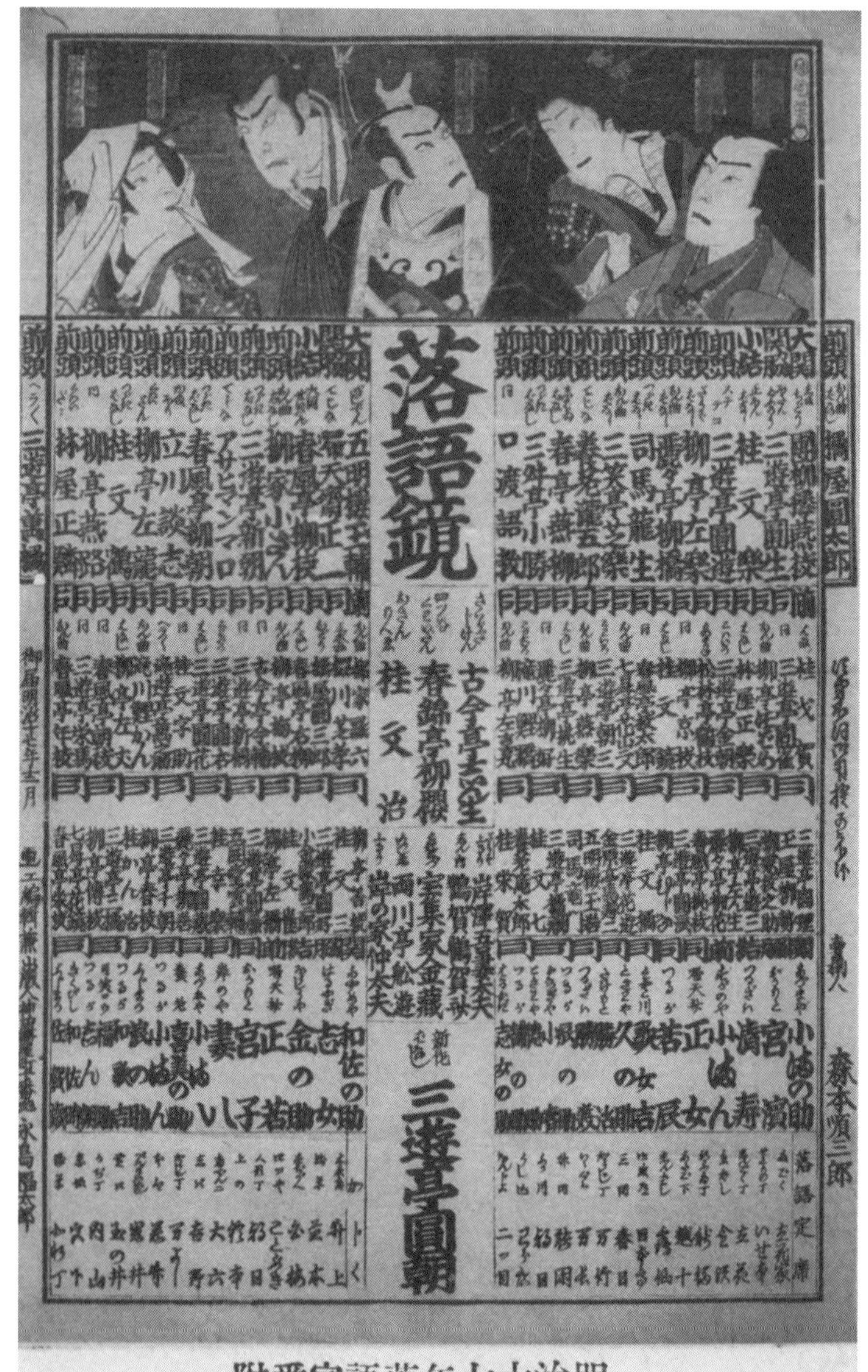

「円朝全集 巻の十」（春陽堂）より｜国立国会図書館デジタルコレクション｜明治17年の落語家番付表。圓朝は別格扱い。

新たな大衆エンタメ萌芽のきっかけを作ってしまったのだ。

熊さん八っつぁんが読む新聞

条野・魯文と圓朝たち芸人との繋（つな）がりは、幕末から始まっていた。三題噺（さんだいばなし）の会[注1]「粋狂連」である。

三題噺の自作自演を目的とする文化遊興グループで、メンバーは条野伝平のほか、三遊亭圓朝や談洲楼燕枝（だんしゅうろうえんし）、松林伯圓（しょうりんはくえん）、桃川如燕（ももかわじょえん）、河竹新七（かわたけしんしち）、瀬川如皐（せがわじょこう）などのクリエイターだ。お金持ちや旧幕府の要人などがパトロンとなっており、芸者や役者も参加していた。

近世後期から幕末にかけて、出版物や芸能は庶民たちへの情報提供の術でもあり、社会風刺の方法でもあった。もちろん封建制度の枠組みの中での活動ではあるが、大衆が求める作品を出版社が提供し、そのための作品を書くのが戯作者たちの仕事である。

そこに、坪内逍遙（つぼうちしょうよう）が言うような高尚な思想や哲学はない。いかにして大衆を喜ばせて本を売り、芝居や寄席に足を運ばせるかだ。粋狂連は巷の噂や社会動向を聞き出す、格好のネタ収集の場だった。

圓朝の「怪談牡丹燈籠（かいだんぼたんどうろう）」はこの会で聞いた牛込での噂話をヒントにしているし、落語「鰍沢（かじかざわ）」は「小室山の御封、玉子酒、熊の軟膏」の三題をまとめた噺だ。河竹新七は「花火、後家、峠茶屋」の三題をまとめて「鰍沢」の後日談である「晦日の月の輪」を作り、圓朝はこれを道具噺としていた。

条野と圓朝の交流は特に深かった。「國綱の刀、一節切、船頭」の三題をまとめた「今朝春三組盃」は圓朝が案を出し、条野が山々亭有人名義で書いている。明治5年には合巻化した。圓朝の速記集に収録される「菊模様皿山奇談」や「政談月の鏡」も条野作だと言われる。

そんな戯作者と芸人たちの蜜月を、御一新がひっくりかえした。戯作も人情噺も「卑俗」とされてしまった。

ここで黙っている戯作者と芸人ではない。

「荒唐無稽でリアルじゃないのがダメなら『報道』を書けばいいじゃない」

魯文と条野はジャーナリスト・新聞記者に転身。さらに条野は西田伝助、落合幾次郎と「東京日日新聞」、魯文は「仮名読新聞」をそれぞれ発刊した。

当時、新聞には、政治経済や論説、事件を掲載した報道色の強い大新聞、ゴシップや芸能ニュースなどが多い小新聞があった。

魯文の「仮名読新聞」は小新聞であり、記事はひらがな中心の口語体で書かれた。政治関連の世の中のニュースも載ってはいるが、内容の中心は芸妓の内幕についての記事「猫々奇聞」「猫晒落誌」など、大衆的な内容だ。町内の熊さんや八っつぁんも簡単に読める。

かつての江戸っ子を喜ばせたのはこれだけではなかった。「報道」という名目で、巷のゴシップや事件、人情話を戯作調で連載したのだ。これを「つづきもの」という。いわゆる「実録もの」というやつだ。大変にウケた。

そして明治10（1877）年、仮名読新聞で「鳥追阿松海上新話」の連載が始まる。鳥追お松をヒロインとした毒婦ものだ。「報道」「実録」という名目で新聞に掲載しているのだから戯作ではない。これなら筆禍に当たるまい。

ただ、鳥追お松の実在は不明だったそうで、半ばでっち上げである。嘘か誠か「見てきたような」噺に、大衆は沸き立った。

さらに明治12（1879）年、こちらは実在の毒婦・高橋お伝が処刑された。これをうけ、大新聞も小新聞もこぞって高橋お伝特集を組み、実録風の記事を連載。魯文も「高橋阿伝夜刃譚」として東京曙新聞に連載した。「お松」も「阿伝」も本として出版され、大成功を収めた。

このふたつの人気を受け、新聞各社はこぞって新聞小説「つづきもの」を掲載。つづきものは、読み聞かせ層もターゲットにしていた。その文体はさながら、読む講釈、読む人情噺であった。

塩原多助の速記本刊行

この頃、三遊亭圓朝も提出した由来書を有言実行せねばならんと、怪談に仕立てようとした『塩原多助一代記（しおばらたすけいちだいき）』を立身出世ものにして、いかにも明治政府が喜びそうな人情噺を創作し高座にかけていた。

「怪談牡丹燈籠」が明治17（1884）年に演芸速記となり大変に売れ、同時に速記の認知度も高まったことで、速記者の若林玵蔵（わかばやしかんぞう）は「塩原多助も速記本にしたらイケるんじゃないか」と考えた。

「というわけで、塩原多助の速記本を出したいんだが、東京稗史出版社はどうしたかね」

「あそこですか。あそこは潰れました。牡丹燈籠で大変に儲けましてその金で贅沢三昧しましてね。すっからかんですよ。あはゝ」（本当にそう言ったらしい）

潰れたというのなら義理立てする必要がないので、若林は自分が主宰する速記法研究会から発刊することにした。

「というわけで、師匠、塩原多助を速記させてください」

『塩原多助一代記』（速記法研究会）｜国立国会図書館デジタルコレクション

「よいでしょ。ただ、牡丹燈籠みたいに汚い本では御免です」

「汚い本」

「御贔屓先にも誠に上げにくくて困ります。出すのなら、見てくれのよい本にしてください」

確かに、岡本綺堂も「半紙を束ねただけの本」みたいなことを言っていたので、しょぼかったのだろう。若林は圓朝の要望を受け入れ、印刷は福地桜痴の娘婿がやっていた東京金玉出版社（本当にそういう社名）、表紙は柴田是真、見返しは奥原晴湖に依頼した。

「挿絵は売れっ子の大蘇（月岡）芳年にいたしましょう」

「あんな木の枝を背負ったような画は嫌でげす。芳幾がよろしい」（本当にそう言ったらしい）

挿絵は落合芳幾ということになり、表紙共に当時の一流絵師に依頼したので、装丁だけで相当な金がかかった。そして、かかった金はこれだけではなかった。

「寄席で速記を取ると、マクラの振り方が変わってしまい内容がまとまりません。どうしたものでしょう」

「では、良いところがあります。そこなら取りやすいはずです」

なんとそこは茶屋。しかも圓朝は、観客代わりに芸者を入れた。毎回圓朝がなじみの芸者を大勢呼びおった。さらに圓朝が芸者たちに祝儀を2円もやるものだから、若林たちも3円出さねばならなかった。圓朝の一席の報酬は10円。プラス芸者へのご祝儀に茶屋での飲み代。

これが毎回続く。人の財布事情は気にしない。圓朝はこういう男である。

ただ、圓朝の高座はやはり巧かった。茶屋での高座で、多助が愛馬・青と別れる場面で、若林はあまりの迫力と感動で速記が取れなかった。聞き手をみると、皆顔を押さえてすすり泣きをしている。一緒に速記を取った酒井昇造はその帰り道に「実にどうも、なんとも言えない名人です」と嘆息をもらした。

『塩原多助一代記』は12万部売れた。この勢いのまま、同年に『英国孝子ジョージスミス之伝』『業平文治漂流奇談』を出した。翌年、若林の速記で『鏡ヶ池操松影』を牡丹屋と朝香屋から出版。これは後に「江島屋怪談」として落語や講談で抜き読みされている。

若林は『塩原多助』『英国』『業平文治』の3冊で、速記法研究会からの出版はやめた。もうけがほぼなかったのだ。芸者への祝儀に金をかけすぎていた。

「速記の効能と目的を相当程度、世間に広めることができた」

茶屋で溶けた金は、速記法認知向上のための必要経費だと腹をくくったのだった。

速記連載で部数を拡大するやまと新聞

圓朝と若林・酒井の演芸速記本が売れ、戯作本に代わり小新聞のつづきものが大衆に読まれるようになり、いよいよ名プロデューサー・条野採菊が動き始めた。自身も発刊に関わった東京日日新聞が大新聞へと移行する中、明治19（1886）年、条野は独立して「やまと新聞」を発刊。世の中の「艶種」を中心に、つづきものである連載小説や巷の事件のドキュメンタリーを掲載した。条野も採菊と名乗り筆を執った。戯作者復帰だ。

　連載小説の第一号は、最新メディアである演芸速記にした。しかも、名人圓朝の新作「松の操美人の生埋」だ。口演速記だから徹頭徹尾、言文一致で読みやすい。挿絵は水野年方と大蘇芳年で、艶麗なタッチが圓朝の作風とマッチした。そして、速記者は若林の相棒である酒井昇造

『円朝全集 巻の五』(春陽堂)より「松の操美人の生埋」挿絵｜国立国会図書館デジタルコレクション

と、その弟子である小相英太郎（こあいえいたろう）だ。酒井はこの後もやまと新聞で圓朝の速記を担当し、演芸速記の専門となる。

圓朝の他にも、松林伯圓、春錦亭柳桜（しゅんきんていりゅうおう）など多くの講釈師や落語家の速記を掲載。挿絵も年方の他に大蘇芳年など人気絵師を起用。年方が日本画家に転向してからは年方の弟子であり条野の息子である鏑木清方（かぶらききよかた）も参加した。

芳年は圓朝に「木の枝を背負ったような」と言われてしまっているが、圓朝の高座にはじっくりと聞き入り、時には涙をこぼしていたという。あれから、やまと新聞の圓朝の速記に芳年も挿絵をいくつも描いているし、郵便報知新聞では圓朝が書いた記事の絵を芳年が描いており、なんだかんだで良いコンビとなっている。報われてよかった（芳年が圓朝にどう言われていたのか知らないとは思うが）。

やまと新聞は演芸速記が評判となり、めちゃくちゃ売れた。他の新聞も追随し、小新聞には演芸速記が続々と載った。あまりに好評なので付録に速記小冊子を付けると、これまた売れた。エンタメ戯作調読み物を求める大衆のニーズに、新聞の演芸速記ががっちりとマッチしたのだ。

私が高校時代にバス停の待合小屋で読んだ圓朝の『怪談乳房榎（かいだんちぶさえのき）』の初出は、「東京絵入新聞」である。挿絵は圓朝が贔屓にした芳幾だ。芳幾は「乳房榎」を聴きながら挿絵を描く役目を忘れてボロボロと涙をこぼしたという。わかる。私も高座に脳内変換して泣いたもの。

注1　三題噺　落語の形式のひとつ。寄席などで聴衆から「人物」「品物」「場所」の3つの題をもらい、これらを盛り込んで即興で噺を作ること。三題のうち、ひとつを落ちに使わなければならない。「芝浜」「鰍沢」などが作られ、現在も古典落語としてかけられている。

『怪談乳房榎』(金桜堂)より挿絵｜国立国会図書館デジタルコレクション｜挿絵は落合芳幾。

消えた江戸の幽霊、累とお岩

政府の幽霊嫌いと圓朝の逆襲

新政府が「三条の教憲」を振りかざしたことで、幽霊まで暇を出されてしまった。お偉い人がありとあらゆる言説で幽霊を否定したのである。ご苦労なことだ。

ところが仏教哲学者の井上円了は、妖怪を否定するために研究して自らがその世界に飲み込まれ、ついに「真怪」（当時の科学では解明できない怪異）を認めてしまった。しかも、円了が否定すればするほど人々の関心は募り、巷には妖怪ブームが訪れ、ついには「妖怪博士」と呼ばれるようになってしまった。うまくいかないものですなあ（皮肉）。

だが実際、芝居においてはそろそろ怪談に飽きが来る頃ではあった。

江戸後期の鶴屋南北は自身が鬼籍に入る前に、やりたいことを全部詰め込んだ「獨道中五十三驛」を書いたのだが、芝居を観に来たのか仕掛けを見に来たのかわからないほど、多くのセットを使って化け猫を観せた。「東海道四谷怪談」にしても、文政の頃から幕末・明治までほぼセットは変わらなかった（むしろ提灯抜けなどが追加され派手になった）。近代化が進む明治の世の中で、怪談芝居の目的は幽霊を怖がるというよりサーカスを喜ぶ感が強かったのだろう。

怪談から世間が遠ざかる中、圓朝は自作の怪談「真景累ヶ淵（しんけいかさねがふち）」を高座でかけた。明治20（1887）年9月から翌年1月にかけては「やまと新聞」で酒井昇造と小相英太郎の速記で掲載され、後に速記本として刊行されている。

この噺自体有名なのだが、時代考証する上でよく引用されるのがマクラの部分だ。

速記本『真景累ガ淵』の立派な表紙｜国立国会図書館デジタルコレクション

今日（こんにち）より怪談のお話を申上げまするが、怪談ばなしと申すは近来大きに廃（すた）りまして、余り寄席で致す者もございません、と申すものは、幽霊と云うものは無い、全く神経病だと云うことになりましたから、怪談は開化先生方はお嫌いなさる事でございます。それ故に久しく廃って居りましたが、今日になって見ると、却（かえ）って古めかしい方が、耳新しい様に思われます。

（中略）なれども是はその昔、幽霊というものが有ると私共も存じておりましたから、何か不意に怪しい物を見ると、おゝ怖い、変な物、ありゃア幽霊ぢゃアないかと驚きましたが、只今では幽霊がないものと諦めましたから、頓と怖い事はございません。（中略）何でも怖いものは皆神経病におっつけてしまいますが、現在開けたえらい方で、幽霊は必ず無いものと定めても、鼻の先へ怪しいものが出ればアッと云って尻餅をつくのは、やっぱり神経がちと怪しいのでございましょう。（中略）詰り悪い事をせぬ方には幽霊という物は決してございませんが、人を殺して物を取るというような悪事をする者には必ず幽霊が有りまする。是が即ち神経病と云って、自分の幽霊を脊負っているような事を致します。（中略）又その執念の深い人は、生きて居ながら幽霊になる事がございます。（中略）又金を溜めて大事にすると念が残るという事もあり、金を取る者へ念が取付いたなんという事も、よくある話でございます。

これを速記した酒井にも、思うところがあったのだろうか、開化に対する辛口な皮肉をすっかり写して自身の仕事を全うしている。これをそのまま掲載したやまと新聞、さすがの条野の手腕だ。しかし、こうやって説明してやらないと怪談ができなかったという事情があった。

前章で説明した通り、この「真景累ヶ淵」は苦肉の策で圓朝が創った新作だ。もとは師匠の圓生がかけていた「累ヶ淵」で、圓朝はこの道具を使ってできる「累ヶ淵後日の怪談」を創作しトリにかけた。圓朝は真打を無事に務め、圓朝とこの新作が評判となる。

とまあ、有名すぎる圓朝の武勇伝なわけだが、最初から現行の形なのかどうかというのはわからない。おそらく御一新付近でブラッシュアップして現代に伝わる構成になったのだろう。それというのも、「真景累ヶ淵」というタイトルに改変しているからだ。

当時、世間では何でもかんでも、おかしなことは「神経病」のせいにされ、二言目には「神経ですな」などと言われていた。いくら圓朝の噺といっても幽霊が出てきてしまっては、「神経だね、そりゃ」とやり込められかねない。「これは怪談です！」と威張れないのだ。

「ここはひとつ、流行(はや)りの神経って言葉を使ってみたらどうかね」

隣家の漢学者の信夫恕軒(しのぶじょけん)が訳知り顔で圓朝にアドバイスした。漢学者という偉い先生が言うのだから間違いないだろう。というわけで、神経をもじって「真景」としたのである。

有言実行の圓朝なので、神経に所縁のある噺にせねばならぬ。そこで、マクラで「これからかける噺はいわゆる幽霊が出て来るけど、神経ですから」と先手を打っておいた。「開化の先生はお嫌いですよね。知ってますよ。私も幽霊はいないもんだと諦めておりますからね」と、権威に阿(おもね)るのも忘れない。

寄席を聴きに来ている大衆にとってみれば、開化の偉い先生に対する皮肉と取るので「いいこと言うじゃねえか」となる。権威にも大衆にも良い顔ができるというわけだ。圓朝はそういう男であった。

幽霊を以て人情を書く

幽霊はいないことにされてしまい、その存在を「諦め」させられた芸人や戯作者たちにとって、圓朝の「真景」は実にうまいやり方だったろう。圓朝は「真景」のテーマとして「幽霊」ではなく「人間の罪業」に焦点を当てた。人が生まれ持った罪。欲と執着は抗えない人の罪業だ。

お久「居られなくっても貴方が下総へ行ってしまうとお師匠さんの看病人がありません、家のお母さんでも近所でもそう云って居りますよ、あの新吉さんが逃出して、看病人が無ければ、お師匠さんは野倒死(のたれじに)になると云って居ります、それを知ってお師匠さんを置いて行っては義理が済みません」
新吉「そりゃア義理は済みませんがね、お前さんが逃げると云えば、義理にも何にも構わず無茶苦茶に逃げるね」
久「ええ、新吉さん、お前さんほんとうにそう云って下さるの」
新「ほんとうとも」
久「じゃアほんとうにお師匠さんが野倒死をしても私を連れて逃げて下さいますか」
新「お前が行(ゆ)くと云えば野倒死は平気だから」
久「本当に豊志賀(とよしが)さんが野倒死になってもお前さん私を連れて行きますか」
新「本当に連れて行きます」
久「ええ、お前さんと云う方は不実な方ですねえ」
と胸倉を取られたから、フト見詰めて居ると、綺麗な此の娘の眼の下にポツリと一つ腫物が出来たかと思うと、見る間に紫立って膨れ上り、斯う新吉の胸倉を取った時には、新吉が怖いとも怖くないともグッと息が止まるようで、ただ無茶苦茶に三尺の開戸（ひらきど）を打毀（うちこわ）して駈出したが（後略）

落語や講談で抜き読みされるのは、専ら「豊志賀の死」なのだが、右記は豊志賀の亡霊が出たかもしれないという、そのクライマックスである。

出たかもしれない、というのは、その人その人で解釈が異なるからだ。

私などは性格がねじくれているから、新吉は本物のお久に会い、そのお久が新吉を故郷に連れて行くべく「そそのかした」もしくは「カマを掛けた」と思っている。ところが、うちの噺家（三遊亭楽松（らくまつ））は「違うよ、豊志賀が新吉の気持ちを確認するためにお久に化けたか、お久を依代にしたんだ」と言う。

殿方というのはロマンチストなので、圓朝もその解釈で書いたのかも知れない。どちらにしろ、新吉はお久に豊志賀の怨霊を見たわけだが、「欲や罪の意識が見せる幻か」という一定の解釈が並行する。

圓朝はこうやって、「豊志賀の怨霊が見えますか？　それはあなたの『神経』のなせるものであって、私は幽霊のことなどお話ししておりませんよ」と、スルリとお偉い先生の批判をかわすのだ。圓朝とはそういう男である。

この有名なシーンは、現代でも演者のそれぞれの解釈で演じられる。多分だが、お久は豊志賀のお久としてやる方が、殿方にとっては怖い。浮気相手のところに捨てようとしている女が出て来るのだから。

ロマンスなど遠い昔に置いてきた私にしてみたら、薄幸のお久が新吉に誘いをかける方が怖いしリアルなのである。速記だと、ここがわからない。圓朝の高座が文字でしか残っていないため、真実はわからないままだ。

実はこの噺、前半部分でしか幽霊は登場せず、後半は新吉にまつわる様々な因果の糸が事件を生み、最終的に新吉は、人間として犯してはならない罪を知らずに犯していたことを知り自害する。

豊志賀の怨霊かと思われていたことが、実は新吉の親が犯した罪、つまりは豊志賀の親である宗悦（そうえつ）の殺害の因果因縁であったことがわかる。その因果が新吉を翻弄し、罪の意識のないままに罪を重ねさせてしまうのだ。

圓朝は、新吉の不幸を単なる因果因縁譚にはしなかった。江戸の頃だったら、勧善懲悪大団円となるはずだろう。恐ろしいことに、この噺は新吉の自害で終える。

罪の意識なく重ねられる罪。

誰一人として救われないラスト。

これこそ、「幽霊は神経が見せる荒唐無稽」と打ち捨てる開化の社会に圓朝が突きつける、人間のリアルだった。

「真景累ヶ淵」の速記者である小相も酒井も、どのような所作を圓朝がしていたのかト書きはない。当時は、口演を速記するだけであった。新吉が見る豊志賀は「怨霊」なのか「神経」なのか、「真景」は謎のままだ。

きっと、当時高座をリアルで聴いた者も、速記を読んだ者も、同じ不安定さを伴った底冷えのする怖さを体験したのだろう。

新吉、豊志賀とお久への救いの手は、演者の高座、速記の読者にゆだねられているのかも知れない。間違いなく、大衆にとって当時の演芸速記は「文学」であった。

江戸怪談の真骨頂「四谷怪談」

三条の教憲のサポート役員だった圓朝が、ガチで幽霊を出してしまったものだから、ほかの芸人たちも「その手があったか！」と追随した。春錦亭柳桜(しゅんきんていりゅうおう)は、江戸怪談の頂点である「四谷怪談」を題材に選び、世にも恐ろしいお岩の怨念が成す怪異を高座でかけた。当時、柳桜の「四谷怪談」は異常な人気を集め、四谷怪談で蔵を建てた、と言われたほどだったという。因みに、松林伯圓は「天一坊」で蔵を建てたと言われている。

速記者は酒井昇造。明治29（1896）年に一二三社から刊行された。もともとは、「夏柳夜半伏魚梁」というタイトルで速記が新聞連載されており、これをまとめたものだ。連載は「やまと新聞」である。三遊派も柳派のトップも押さえるとは、さすが条野の抜け目なさである。

四谷怪談は江戸怪談の親玉だが、今おおむね一般に伝わっているのは、鶴屋南北の『東海道四谷怪談』のお岩と伊右衛門だ。しかし本来の四谷怪談は、実録として伝わる「四谷雑談」である。

柳桜は、取材元を「実録」である「四谷雑談」に求め、そこに柳桜な

春錦亭柳桜『四谷怪談』口絵（一二三館）｜国立国会図書館デジタルコレクション

りのリアルを含めた。

四谷雑談のお岩は女だてらに一家の惣領であり、婿をとる身である。しかし、器量があまりよくなく（南北のお岩は美人設定）さらに疱瘡になってしまい痕が残り、婿の当ても絶望的となってしまった。親類一同でお岩を隠居させて養子をとって継がせようとするが、お岩は納得しない。自分がいるのに他家の者に跡を取らせるとは何事か、というのである。そりゃそうである。

そこで、浪人で食い詰めている伊右衛門を騙して婿入りさせた。後悔する伊右衛門だが仕方がない。そこに、伊右衛門の上司が年がいもなく孕ませた妾を伊右衛門に押しつけようとして、悲劇が起こり始める。

柳桜の「四谷怪談」はこの「雑談」に取材したものだ。「雑談」にはお岩の幽霊ははっきりと出てこない。柳桜の「四谷怪談」にも、お岩の幽霊はダイレクトには出てこない。お岩の「呪い」に焦点を当て、その呪いが全く関係のない人々にまで伝播し死に至るという、「リング」の貞子のビデオテープに似た設定となっている。

とまあ、リングの貞子と聞いただけで怖いのだが、柳桜の「四谷怪談」の高座、最初は「あの有名な四谷怪談か」と評判を取ったが、晩年になると徐々に客足が遠のき始めたという。

> それと云て蚊帳を取ってみると頭から顔から手も足も隙間なく真っ黒に甘口鼠(かんこうそ)と云う小さい鼠が取り付いてチョコチョコと動いておりますからおっかな驚愕(びっくり)で（中略）
> 喜平は蠟燭をつけて快甫を見ると哀れや鼠のためにその眼球(めだま)を喰い取られ、喉仏から手の指足の指迄も嚙み取られ仰向けに成って倒れて居ります。

一事が万事こんな調子のホラーを老体の噺家から聴いていたら、死神が演っているみたいで怖かろう。

実は柳桜の「四谷怪談」は、何度か不思議な出来事が付いて回った。寄席で柳桜が「四谷怪談」をかけようか、という時に、天井の明かり窓がガラガラッと音を立てて開いた。夜席のことだし、高座の演目も相まって妙に怖い。

「誠に申し訳ございませんが、御覧の次第で何とも不思議なことでございます。ことによると、今晩はお岩様の噺をしてはいけぬというお告げかもしれません。これを推して私が演りまして皆様に御怪我でもあわれましたら相すまぬことでございますから、明日改めてお伺いを立てることにいたしましょう…」

何かもう、これだけで一席である。この不思議な出来事が評判になり、翌日にはたいそう大入りだったという。

速記を刊行する時にも、みな怖がって版元がなかなか決まらなかった。条野はそんなこと全く気にしない男なので（多分）、やまと新聞で連載したわけだが、本にして出版となると話は別なのか、どこも引き受けようとしなかった。

結局引き受けたのが、唯一の四谷怪談の速記の版元である一二三館だ。扉には「この速記の刊行を決意したのは、こうして文字にしてお岩伝説の真実を読んでいただくことでお岩様への供養になるのではないかと考えた」と断り書きがある。お岩は貞女であり、疱瘡で見た目は不幸にも痕が残ってはいるが心映えの良い女性だったと、柳桜は話していた。

こういう理由もあり、本来柳派の怪談噺である「四谷怪談」の速記をはじめとして史料として残っているものは極端に少ない。三遊派がこの噺を演ろうとすると災いが起こるとも言われているので怖くて手が出せない。柳派にはぜひ復活していただきたいと思う。

速記は、国会図書館のデジタル版で読める。残酷描写が淡々と会話体で書かれているのが禍々（まがまが）しくて逆に怖い。文字の力だ。

速記雑誌の誕生

速記雑誌の金字塔『百花園』

「怪談牡丹燈籠」が速記本となって世の中にデビューした3年後、三遊亭圓朝や談洲楼燕枝、松林伯圓、春錦亭柳桜らが重鎮として新聞に速記を連載していた明治22（1889）年、金蘭社から落語講談速記専門誌『百花園（ひゃっかえん）』が発行となった。端から売り上げ、のっけから再版したほど売れた。

第7号には「次号より柳連をも掲載いたします」とあり、当初は三遊派の高座を中心に掲載した。当時の寄席では三遊派と柳派がしのぎを削っていたのだが、この頃になると柳派は長編の人情噺でトリを取る真打がみな、隠居したり鬼籍に入ったりなどしており、演者不足だったのだ。

三遊派の方は、四代目圓生（えんしょう）・四代目圓喬（えんきょう）・初代圓右（えんう）・二代目小圓朝（こえんちょう）など圓朝の門弟が活躍しており、鼻の圓遊もキテレツ芸を封印して時代を読んだ新作・改作を発表して、人気は継続していた。

雑誌なので数を出さねばならない。自ずと三遊派の口演速記が中心になってしまうのも無理はなかったのだろう。

第8号からは、三代目の小さんをはじめとして続々と柳派の速記も掲載された。誌面でも両派はしのぎを削ったというわけだ。

体裁は菊判23字詰め16行2段組み。78ページで別刷り挟み込みの挿絵が3、4葉添えられている。21号で月1回発行となってからは、ページ数は156ページと倍になり、1段組になった。1冊につき7、8編の落語と講談を掲載し、講談が流行したときは大半が講談だったこともあるらしい。読者からお題をもらって三題噺を掲載した号もある。新聞が読む高座なら、『百花園』は読む寄席だ。

新聞のように重たくて長い人情噺だけではなく、短い噺や滑稽噺も掲載した。挿絵は大蘇芳年や小林清親（こばやしきよちか）、渡辺省亭（わたなべせいてい）などの〝神〟絵師たちが担当。このため、めちゃくちゃ売れて、速記を担当した酒井昇造は「一号より十号頃までは、毎号一万五六千も売れたといふことであります」と振り返っている。当時8千部売れれば伝説になれる時代の1万5千部なのだから、まさに化け物みたいな雑誌だった。

速記は花形職業　今村次郎

『百花園』に掲載する速記は、圓朝の牡丹燈籠を速記した酒井昇造が中心となってあたり、常時4、5名の速記師がいた。ところが酒井は演芸速記の第一人者として、地方の新聞からも演芸速記の依頼があり目の回るような忙しさ。さらには明治23（1890）年に帝国議会の衆議院速記者に推薦された（酒井は「無試験採用の栄を得られて愉快に感じた」と述べている。素直）。

そこで演芸速記として新たに頭角を現したのが、酒井の秘蔵っ子、今村次郎（いまむらじろう）だ。酒井は同期の若林玵蔵とは違い、門弟を取ることを良しとはしていなかった。速記術は未完成で、しかも新しい職業だ。

「速記を学びたいんです」

「この職業はこの先どうなるかわからないし、これ一本で食えるわけでもない。他の仕事が選べるのならそっちになさい」

ところが今村の場合は事情が違っていた。今村はやまと新聞で働いていたのだが、17歳の時に「速記をやってくれ」と社命が下った。このため、やまと新聞で速記担当の酒井が自ずと面倒をみることになってしまったのだ。

練習生として酒井の下で速記を学び始めた今村だが、何せ人手不足ということもあり、学び始めてから2、3カ月もするとせっつかれる。

「まだできんのか。早くしてくれ。それともやっぱり無理か」

「できらあっ！」

というわけで、できもしないのに酒井について実物の高座に行ってみた。ところが案の定、通常の演説とはまるで違う、ライブの話し言葉で、あっちに行ったりこっちに行ったりフラがやたらに多いものだから困難を極めた。

「こんなの、2、3カ月でできるわけないだろ」

しかし、端から見ればプロの新しい速記者だ。腹をくくり、いっぱし書けるフリをした。

「実に人知れぬ苦心をしたのである。其のお蔭で比較的早く世の中へ出ることが出来た」と今村は振り返っている。

そんなスタートを切った今村は、その後演芸速記の第一人者となり、演芸速記にはなくてはならない人材となる。当然多くの芸人たちと関わった。明治38（1965）年には落語研究会（第1次）の発起人もつとめた。

三代目柳家小さんは落語界に貢献する今村に「ほかに礼のしようもないから」と、自分の速記を全て任せた。今村が鉛筆を握れなくなると、息子で速記者の今村信雄（のぶお）が後を継いで速記を務めた。信雄は大正・昭和期の演芸速記の傍ら、父が創始した落語研究会を支えた。三代目小さんからは、朝顔の世話の仕方から芸談までたくさんの話を聞いたという。現存している多くの大正・昭和期の落語速記全集の編纂も行っている。当時、噺家と講釈師に一番近い位置にいた親子だろう。

演芸速記の楽屋裏

『百花園』の速記は、同社の2階で行われた。相手が芸人だからなのか、エピソードに事欠かない。

ある時は、高座がおかしすぎて酒井が「噴飯」して「先生、速記ができません」ということもあったらしい。圓朝の高座は泣いて速記が取れず、滑稽噺では笑って取れない。速記者も大変だ。

寄席や講釈場に赴いて速記することもあったようで、高座中に当時の着物事情により下半身がのぞいてしまい、客席が笑い出し「メチャメチャになった」こともあったという。

この時期になると、料亭に呼んで速記を取るということはなくなっていた。今村次郎は『思ひ出草』で、当時の速記について振り返っている。

新聞社がこぞって速記連載をしていた頃は料亭に演者を招いて、そこに客として社長と編集長、その他に関係のある人が10人ばかり並んで聴いているのを速記していた。速記が済むと御膳が出て立派なごちそう。一人前5円ほどの料理だから、1回の速記でべらぼうに金がかかった。

これを始めたのが人の金を湯水のように使う圓朝なのだが、その慣習がしばらく続いていたというわけだ。新聞社は金持ちだったのか（記者の給与はそんなに高くなかったらしいけど）。

ところが、春錦亭柳桜が
「こんな大勢の前で固くなってごちそうになるよりは、その金で寿司でもとって、自分ちで食べながらやった方が落ち着いていいやな」

と言い出した。この柳桜の言葉をきっかけに、料亭速記はなくなったらしい。気心の知れた場所でやるのだから、素の部分もでるだろう。和やかになるというものだ。

百花園の編集室

時代も時代で、しかも初めての速記雑誌ということで編集部も手探りだったのだろう。編集後記には、実に正直に内情を暴露している。

第18号では、

「本誌はこれまで発行期日をあやまりたることさらにこれなきところ、本号においてはなにぶん新年に際し、講演者も宴会等に多忙、社員もゆったりとした陽気に浮かれたるがため、はからず印刷がおくれまして、まことに相すみません。」

新年で浮かれたため印刷が遅れました。正直すぎやしないか。「浮かれたなら仕方ねえやな、そういうこともあらァな」で炎上しないのだから良い時代だ。

印刷が間に合わなかったのは42号でもあったらしく、

「記者いわく、（中略）速記者すでに速記し、原稿執筆中インフルエンザにかかり、印刷に間に合わざるをもって次号にゆずり、おことわりまでに挿画をあらかじめかかげおきます。」

インフルエンザなら仕方ない。挿絵だけ掲載しても、きっと話の内容はわかるのだろう。それだけ、講談と落語の演目が庶民に浸透していた時代だった。

噺家の事情も、噺家らしくてよろしい。

第59号「こさん、邑井一、春風亭柳枝ら旅行中にて、本号に漏れたるもの次号には必ずのせます。」

もうちょっと、何か違う理由を取ってつけるとかいう考えはなかったのか。

126号では、画工の思いこみで本文と挿絵が反したとあり、編集部一同で万謝している。こちらはクレームが押し寄せたのかもしれない。というか、校正段階で気づかないものなのか。

このあたりも、時代のおおらかさというものだろう。

明治33（1900）年の11月号（240号）を以て、『百花園』はひっそりと隠居する。この年は、三遊亭圓朝、圓朝のライバルであった初代燕枝、三代目柳枝が鬼籍に入った年であった。近代落語の黎明期を牽引した人物と共にいなくなるなんて、明治落語と心中したかのようだ。「東京開府三百年祭」が上野で大々的に開催されたことで、江戸時代から近代へとひとつの区切りの年でもあった。

もはや明治維新ではない。明治38年には、今村次郎が発起人となり落語研究会が発足。近代となり、人情噺や古くから残ってきた落語を「古典落語」として継承する機運が高まった。三遊派では四代目圓喬、柳派では三代目小さんが、古格の東京落語を継承し後進の育成を担うと思われたが、大正元（1912）年に圓喬は鬼籍へ入ってしまう。

初代圓右は大正を代表する名人として速記も多く発表されたが、こちらも大正13（1924）年に亡くなり、幻の二代目圓朝となってしまった。

昭和の名人である五代目古今亭志ん生は、「自分は圓喬の弟子だった」と自慢しており（自称）、六代目三遊亭圓生と八代目林家正蔵（しょうぞう）（彦六）は、圓朝の弟子であった三遊（亭）一朝（いっちょう）から稽古をつけてもらっていたという。

江戸・明治の名人たちと心中した『百花園』だが、その高座は死なない。速記と共に脈々と受け継がれていったのだ。

新聞社同士の攻防戦

新聞小説というジャンル

明治20年代になると坪内逍遙が小説家の地位の向上を啓蒙したことで、新しい時代の書生たちは立身出世の方法として小説家を目指すようになっていた。「文明開化は文学から！勧善懲悪や男女のあれこれに現を抜かす大衆を教化せねばならぬ！」と大義名分をひっさげ、大新聞に進出しようとした。

ただ、大衆というものは上から目線で「お前を正してやる」と言われたら「おととい きやがれ」と返すのが常で、下卑たものと言われようが前時代的と言われようが野蛮と言われようが、彼らは小新聞に掲載される速記やつづきものなどの「戯作」を求めた。

速記者の佃与次郎（つくだよじろう）は、明治41（1908）年に描いた原稿の中で講談速記（演芸速記）が大衆に受け入れられる理由について述べている。

講談速記は下卑たものだ俗なものだと攻撃される、下卑たものには違いない、俗なものには違いない、嘘もあれば法螺（ほら）もある、併し民度の上から今の社会には丁度講談速記が適当して居るのだ、大声は俚耳に入らず、名家の小説よりは講談本が売上の多いのでも分る（後略）

明治末期でもこうなのだから、さもありなん。「絶対に小新聞の真似などするものか」と頑張っていた大新聞の売り上げは、小新聞におされ経営が危うくなっていた。おまけに自由民権運動の煽りで、ちょっとヤバめな記事を書くと発行停止処分をくらってしまう。現在になっても新聞は、市民に呆れられようが失望されようが政府に尻尾を振った記事を書いてしまう。それはこうして刷り込まれているからで（おっと口が滑った）。

ここで坪内逍遙が動き出した。明治19（1886）年、逍遙は度重なる発行停止で屋台骨がボロボロの読売新聞に助言する。

「やっぱり、小説です。世の中を写実した小説を掲載すべきですよ。純然たる小説を読ませて、大衆の目を覚まさせるのです」

どこにでも写実小説を引っ提げて出没する逍遙。小説界の圓朝である。

大新聞存続の危機に効く小説

明治20（1887）年前後、治安妨害を理由とした新聞の発行停止は激増していて、明治12（1879）年には2件であったものが、明治16（1883）年には47件、明治22（1889）年には74件にもなっている。

明治22年、背に腹は代えられない読売新聞は、当時イケメン揃いのインテリ小説グループ・硯友社（けんゆうしゃ）のリーダーである尾崎紅葉（おざきこうよう）、才ある一匹狼・幸田露伴（こうだろはん）を新聞小説家として社員に登用。坪内逍遙も同時入社し、主筆となった（ちゃっかり）。記者としてではなく小説専門とした彼らの入社は、報道記事とは違う「新聞小説」という新しいジャンルの誕生を意識していたはずだ。

これで安泰。社会への提言を込めた読み物も「報道」ではなく「小説」として、別枠で掲載できる。政府から「治安ガー」と突っ込まれても「小説ですから」で返せるのだ。

そして明治25（1892）年、紅葉の紹介で巌谷小波（いわやさざなみ）が「緑源氏（みどりげんじ）」という、伯爵と女学校教師の姦通&ませた美少年が年上の女に誘惑される話を書いて、再び読売新聞は発行停止処分をくらう。予告のキャッチコピーは「純雅高潔の小説」だった。小説で新聞が発禁となった最初の事件らしい。

因みに、そんな風俗壊乱発行停止小説を書いた小波の本業は児童文学で、後に博文館に入社し主筆となり、児童向けの読み物を執筆して成功を収めている。

明治30（1897）年、満を持して尾崎紅葉「金色夜叉」の連載が読売新聞でスタートする。現代国語の教科書にも載っているこの作品は、当時は「家庭小説」と呼ばれるカテゴリだった。

「男と女のいざこざ」を低俗と批判し、純文学を掲載すべしとする逍遙の進言を、読売新聞も「そうしたいのは山々だが」というところではあったが、世間が求めている読み物は「共感」だった。ここでもやはり、背に腹は代えられぬ。新聞社も商売だ。女性が持つ苦悩や葛藤、そこに加わる時代性。これが新たな「女性」の読者獲得に働いた。

「金色夜叉」は大評判であり、花柳の女性たちは朝刊が来るのを待ち「金色夜叉」を読んでから朝寝したという。狙い通り、廓や座敷で生きる女性たちをも「金色夜叉」は取り込んだのである。

文体は、地の文が文語体、会話文が口語体という、雅俗折衷体（がぞくせっちゅうたい）だ。当時の新聞は読み聞かせを前提としており、音にした場合のリズムや流れを重要視する傾向があった。落語は「話す」、講談は「読む」というが、小説はいわば「読み聞かせ」メディアだ。そう考えると、日本の話芸は現代に至る文学に大いに影響を与えていると思う。

紅葉の文章は読み聞かせた場合でもその響きは美しく、言文一致運動が進む中で敢えての雅俗折衷体だったかもしれない。

泉鏡花と鏑木清方

文章の響きを重用視するのは、紅葉の弟子・泉鏡花（いずみきょうか）も同様だった。鏡花は明治33（1900）年に発表した「高野聖（こうやひじり）」が評判となり、以後長短300編以上の作品を文芸雑誌や新聞に連載する。その作品が持つ幻想性と倒置法を用いた文体は、読み聞かせる際に独特の鏡花の世界へ引き込んでいったのだろう。読んで面白い、聴いて楽しい。新しいエンタメディアが確立した。

この鏡花の作品に挿画していたのが、条野採菊の息子であり日本画家の鏑木清方だ。清方は挿絵師として新聞に、速記本にそのストーリーの一瞬を写し取り誌面を飾った。速記が文字で写すのなら、挿絵師は絵で写す。写真がポピュラーとなっても、新聞小説も速記本も、挿絵にこだわった。速記本から挿絵が消えて演者の写真が一般的になるのは昭和40年代に入ってからである。

鏑木清方は少年期から父の新聞社に出入りする圓朝や伯圓、年方や芳年を見てきた。画家になるのを勧めたのは圓朝だという。13歳で水野年方に入門し、16歳の時には既にやまと新聞で挿絵を担当している。挿絵の現場を幼い頃からその目で見てきた、サラブレッドだ。浮世絵師挿絵師というジャンルは江戸の頃より下卑た商売として本絵と区別されてきた。浮世絵師もその類で「紙絵師」と言われ、かつて葛飾北斎もそう蔑（さげす）まれていたのだ。清方も最終的には美人画を得意とする日本画家となるが、浮世絵系統の挿絵画家が出自であり、清方自身もこの出自について繰り返し随筆にしたためている。

造形美だけが絵の全部で、文学などに底徊するのは邪道だとも云われる。私のごとき生まれついての邪道人は、造形美だけで描くのなら別に絵を職として選ばないであろう。

ただ美しいだけではない。その小説の奥にあるテーマとシーンを絵で写す。文学に精通した清方らしいこだわりだ。

清方が本格的に新聞小説の挿絵を描き始めたのは、父の採菊がやまと新聞を引退した明治30（1897）年に入ってからである。読売新聞に入社し（本人は委嘱と言っている）、コマ絵（文章と関係がないポイントのかざり絵）を描いていた清方は、同時期に尾崎紅葉と出会い、やはり彼に心酔する。紅葉は人たらしの兄貴だった。紅葉の『続 金色夜叉』の挿絵を手がけたことで清方は画家として世に注目され、『文芸倶楽部』をはじめとした多くの文学や速記の挿絵、口絵を手掛ける。

紅葉との交流で泉鏡花を知り憧れるようになった清方は、鏡花の小説に挿絵を飾ることを目標とした。そして明治34（1901）年、鏡花が自ら原稿を携えて木挽町（こびきちょう）の家に訪ねてきた。『三枚續』（さんまいつづき）の単行本の挿絵と口絵、装丁を依頼しに来たのだった。

初めての対面であるにもかかわらず、お互い周知の仲であるかのようだったと、清方は当時を振り返っている。

「春陽堂で画の話が出るときは、僕は必ず君を推す。爾来刎頸の友となろう」

尾崎紅葉『金色夜叉 続編』（春陽堂）より｜国立国会図書館デジタルコレクション

以来、「鏡花作、清方ゑがく」と扉に並び記されるほど清方と鏡花は名コンビとなり、明治から昭和にかけて長きにわたり文学界を彩った。清方は、「鏡花の口絵を描くほどに自信が増してくるのが自分にもよくわかった」と語っている。

鏡花はえらく潔癖症で除菌用アルコール脱脂綿とアルコールランプを持ち歩き（料亭の料理でも煮沸消毒するため）、神社を通りかかると所かまわず土下座をするなど奇行が目立つ人物だったらしいが、だからこそあのような神秘的で幻想的な作風なのであり、清方にしても幼い頃から癖の強い父親と芸人たちを見ているのだから、気にするほどのことでもなかったのだろう。

鏡花の方は、やまと新聞に『婦系図（おんなけいず）』を連載したが当時はさほど評判にはならなかった。紅葉に反対されたすずとの同棲生活を続けるにも金がなく、明治42（1909）年、夏目漱石に頼んで口を利いてもらい『白鷺（しらさぎ）』を朝日新聞で連載する。

鏡花はこの時初めて漱石に出会ったのだが、いきなり金を無心している。「夏目さん」は「快諾」してくれたと、鏡花は語っている。

夏目漱石争奪戦

いきなり初対面で金を貸してしまう人がいい夏目漱石は、その2年前である明治40

（1907）年、朝日新聞の社員となり『虞美人草（ぐびじんそう）』を発表。これが漱石初の商業小説となった。

漱石の入社の裏には新聞各社の争奪戦が繰り広げられていた。新聞社は、小説を公募したり同人誌を検索したり、売れる「小説記者」を求めて奔走した。今のマンガ業界がSNSやコミケで作家を探すのと同じである。

読売新聞は尾崎紅葉の死により『金色夜叉』が強制的に最終回となり、ドル箱を失ってしまった。紅葉がいなくなったことで、徳田秋声（とくだしゅうせい）も「紅葉さんがいないなら、いつまでもここに居るわけにはいかない」と、読売を去った。絶体絶命。看板作家がいなくなり、如実に売り上げに影響した。

ここで読売は、『吾輩は猫である』『草枕』の漱石をロックオンする。早速、駒込の漱石の自宅に行って口説くのだが、漱石は、

「自分より年上の人が『先生』と自分を呼ぶが、それはおかしいと思う」

「小説を書きだしてから、丸善の借金返済を済ませることができた」

という、まるで関係ない話だけで終えた。

この時、朝日新聞も漱石招へいに乗り出していた。「どうして俺をみんなで小説家にしたがるんだ」と泣く二葉亭四迷に無理やり小説を書かせて、その後ジャーナリストとして送り

出すも四迷は帰らぬ人となってしまい、こちらも小説記者を探していたのだ。

朝日新聞は以前、読売に逍遙を取られていた。逍遙を入社させるために大層な接待をしていたのだが、逍遙は読売を選んだのだ。

逍遙・四迷の悔いを繰り返してはならない。小説を生業としたい、かつ読者が求める作風を持つ作家に、好条件で他社から囲い込み専属で書いてもらう。これが売れる小説、ひいては部数を上げる正当な方法だ。

一方、漱石の方も教師の仕事にほとほと嫌気がさしていた。小泉八雲（ラフカディオ・ハーン）の後任として東京帝大の英語教師となったものの、八雲に心酔していた学生たちから、わけのわからない授業を進めると不評を買っていた。親友の正岡子規に「もう、文学だけ書いて生きていたい」と手紙を送るほど、神経が衰弱していた。

なので、漱石にとって朝日新聞からの条件提示は渡りに船だったに違いない。読売からの声掛けに応じなかったのは、朝日の方がお金も執筆の条件もしっかりしていたからだ。「ただ文芸に関する作物を適時に供給すればよし」に、漱石は腹を決めた。クリエイターへの契約書の提示は斯様に重要である。

こうして漱石は、「新聞屋が商売ならば、大学屋も商売である。（中略）是程名誉な職業はない」と、教授の職を捨て専業作家へと転身する。

これに驚いたのが読売だ。読売はどういう自信なのか、紙面改良の一環として漱石を「特別寄書家」として迎える旨の広告をでかでかと打っていた。小説家としないところがいかにもなのだが、朝日で『虞美人草』の連載が始まると、読売は「今年の文壇が生んだ駄作の最も大なるものの一である」と酷評したという。そういうところだ、読売よ。

もっとも漱石の方も、これまでは落語ネタを入れてみたり、円遊や小さんの高座にインスパイアされてみたりなど内輪ウケで良かったが、公的な場での小説となればそうもいかない（書いたけど）。試行錯誤しながらも朝日新聞に根を下ろし、『夢十夜』『三四郎』『こゝろ』『明暗』と書き続けた。

特に『彼岸過迄』『行人』『こゝろ』の三部作では人の心に潜むエゴイズムを追求していると言われる。これは漱石が寄席通いで親しんだ、高座で語られる人間の姿であり、業であっただろう。

漱石が意図していたかいないかはわからないが、落語「宮戸川」を元ネタとした『三四郎』は、日本で最初の教養小説とされている。

3章

「伝える」ための試行錯誤

江戸後期から幕末までの口語体

江戸後期の落語

明治期の落語は若林玵蔵（わかばやしかんぞう）らのおかげで文字として今でも読める。では江戸時代の落語や講釈は読めないのかというと、そうではない。高座を速記したものはないとしても、落語や講釈の本はあった。これらはところどころ口語体で書かれている。言文一致体とまではいかないが、当時の言葉を知るにはうってつけの資料だ。

口語体が目立つのは、会話文が多い人情本や滑稽本（こっけいぼん）、噺本（はなしぼん）である。中でも噺本は江戸の初期から人気のジャンルで、その多くは現代でも古典落語の元ネタとなっているものも多い。噺家自ら根多（ネタ）本を出している場合も多く、落語速記が始まる前から、人々は落語を文字で読んでいた。ただ、高座を速記しているわけではないので、当然「書き言葉」となっている。初期の頃は台詞も文語体だが、後期になると、随分とくだけてくる。

年の暮になんぞしゃれた事で掛取のいいわけをして返さんとおもい、
主人「これこれ久助（きゅうすけ）や」
下男「はい、旦那さま、あんでござります」
主人「いつも来る薪屋は何が好きだ」
下男「あれモノ角力（すもう）がエラすきで、昔から今の番付をのこらず持っていて、
　朝からばんまで角力のことばかり言っています」
主人「そんならあれは角力でいいわけをして返そう」
　という所へ門口（かどぐち）から、
まきや「ハイ、薪屋でござりまする、お払いをくださりませ」
主人「ヤ、これはこれはまきやさん、お気の毒だが今夜はどうもむずかしい。どうぞ
　春まで待ってもらいたい」
まきや「ナニ、春までェ、よくできたね。これ九月前も十月も、ウンと言っておいた
　は、ぜひ今夜は取らねえじゃアならねえ。どうするどうする」

笑談五種（袖珍名著文庫　第38編）「しゃれもの」より

現在の落語「掛取（かけと）り」だ。これを書いたのは初代林屋正蔵（はやしやしょうぞう）である。読んでわかるが、そ

のまま現在の高座でかけられそうな口語体となっている。

林屋正蔵は怪談噺の祖と言われ、道具仕立ての怪談を得意とした噺家だ。初代三笑亭可楽の弟子で「可楽十哲」のひとりでもあり、現在も継承される林家の祖である。怪談噺の他にも、前記のような滑稽噺もやった。これらのネタを集めて『升おとし』『太鼓の林』等の本を書いている。

この「掛取り」、元は上方ネタらしく、文化年間（１８０４〜１８）の初代林家蘭玉作とされている。その後、明治維新前後に二代目桂蘭玉が現在の形にしたという。林屋正蔵の「しゃれもの」は文化・文政期（１８１８〜３０）の咄本に正蔵が書いたもので、どこかで聴いたか読んだかしたものを正蔵のネタとしてアレンジしたのだろう。

「掛取萬歳」というタイトルでは、三遊亭圓朝の速記が残っている。明治41（１９０８）年春江堂から出ている『円朝落語集』で、速記は佃与次郎だ。

……中には家に座って居て借金の言い訳をして仕舞うなぞという気楽の人がございます。

亭主「今日はマア大晦日だが方々から掛取りに来るだろう」

女房「アァ、もうきっとお出でなさるに違いないがどうしたらよかろしいェ」

亭主「今日はひとつ、俺が見事に言い訳をして帰してしまうから見ていろ」
女房「おやおや、そうできるかェ。噂をすれば影とやら、向こうから差配さん（おおやさん・大家さん）が来たよ」
亭主「ムム、来た来た。あの差配は狂歌にひどく凝ってるッてことを聞いたから、狂歌で一番言い訳をしてやろう」
　といってるうちに、差配さんやりて来ました。
差配「ハイ、御免よ」

『円朝落語集』（春江堂）「掛取萬歳」より

初代正蔵は、「主人」が「下男」と話して、やってくる「角力」好きな「薪屋」の掛取りをまいてしまおうと考えている。これを圓朝が「亭主」と「女房」、「狂歌」好きの「差配さん」とした。これも圓朝がアレンジしている。明治の末あたりの速記で、古典の滑稽噺としていろんな噺家が高座でかけていたのだろう。

この「掛取萬歳」が昭和に入るとどうなるか。六代目三遊亭圓生の速記がある。

「ま、いいよ、ぎゃァぎゃァさわぎなさんな。好きなものには心を奪われるてえことを昔から言うから、借金取りの好きなもので、おれァ、言訳をして追ッぱらうから……」

「そんなうまい具合にいくかい？」

「いくんだよ」

「（下手を向いている視線が、やや遠くの方に移って）あらちょいと、おまえさん、来たよ」

「だれが（と、これは上手に向かって前のように）」

「大家さんが」

「大家さん？（と、聞き、下手の方遠くを見て、そのままの視線で）あァ……やって来やがった……家主（いえぬし）はなにが好きだったな？（と、ふたたび上手の方へ向かい）」

「（下手へ）あの人はおまい、狂歌家主てえくらいだね」

「（上手へ向いたまま）あゝあ、狂歌てえやつか、よしよし、わかった、あれならおれはね、ちょいと心得てンのがあるから、いい塩梅（あんばい）にごまかすから……」

『圓生全集　第1巻』「掛取万歳」より

圓朝がやった形とだいたい同じだ。ということは、やはり明治維新付近に固まったものが、現代に伝えられているということだろう。六代目圓生はこれを、円右に教わったと言っている。

「掛取万歳」について、五代目古今亭志ん生の逸話がある。

六代目圓生の親、つまり五代目圓生が経営している芝・宇田川町の三光亭の寄席で、大晦日に一門会をやっていると志ん生がふらりと現れ「上げてくれ」という。断る道理もないのでゲストで入れると、大晦日のネタということで「掛取万歳」をやった。

後で聞くと、どうも借金取りから逃げてきたらしい。家に居ると借金取りが来るからと寄席に逃げてきて、それで「ないものはァ払えないィ」と自分の身の上を高座でやるものだから、楽屋は大笑いだったという。リアル「掛取り」だ。

こうやって落語や講釈などの話芸は継承されてきたのである。先人が書いて、芸人が読んで話して、それを聞いて稽古して、たまにトンデモエピソードが出てきて、尾ひれもはひれも一緒について、現代に至っている。

滑稽本と人情本の口語体

二葉亭四迷（ふたばていしめい）が『浮雲』を書く際に参考にした『浮世風呂』『浮世床』の式亭三馬（しきていさんば）は、滑稽本を得意とした化政（文化・文政）期の作家だ。初代林屋正蔵、初代三遊亭圓生、曲亭馬琴（きょくていばきん）、葛飾北斎（かつしかほくさい）らと概（おおむ）ね同時代である。

「浮世床」は落語にもあり、元は上方種らしい。実は、三馬の『浮世床』『浮世風呂』も落語の元ネタである咄本から材を得ていて、小咄の集合体だ。そのまま高座にかけてもそん色ない内容となっている。

江戸の髪結床は必ず四辻にあるが中にも、間口二間に腰高の油障子、浮世風呂に隣れるを浮世床と言ふ。その一方は大長屋の路次口を控えて、儒者に易者にデモ医者に、さては灸すえ所、「ひめ糊有り」の看板、（中略）士農工商こき交ぜての相借家、この一刻にも栄枯貧福の姿は様々である。折しも大路次より現れたのは紙衣（かみこ）羽織に置頭巾（おけずきん）して楽隠居と見ゆる老人、浮世床の門口に立ってトントンと戸を叩き
「サアサア起きねえか、遅いぜ遅いぜ、髪結床と云うものは早く起きる筈だに馬鹿々々しい、ヲイ鬢公、ヲイ鬢さん起きねえか」
と呼ばはる。
奥より主人の鬢五郎、寝ぼけ声「ハイハイ」と答えれば、隠居はさらに、店に寝ている下剃の留吉に向い、「留や、起きねえか、エヽべらぼうめが、親方が寝坊だからあの野郎までが寝濃い」

『近世物語文学 第8巻』（雄山閣出版）式亭三馬『浮世床』より

『浮世床』の冒頭部分である。めちゃくちゃ口語だ。「〜である」を使っているし、返事は「ハイハイ」だし、「エヽべらぼうめが」と江戸っ子の決め台詞まである。

冒頭以降は、登場人物の紹介以外はほぼ会話文だ。江戸庶民の言葉がそのまま写されている。

「なんの江戸ッ子まがいめェ、こんな野郎があるから江戸ッ子の評判記が悪い」

「子も悪いけれど親がやさしいから悪いのよ。此頃は乙な所へはまって血道をぶちあげて騒いでいるが、今に見ねえよ、無けなしの金を捨て、ちっとばかりの株家督を人手にわたしてしまうだ」「ああなると、人の意見も耳には這入らねえわな」

という具合に、まるで昭和初期のころの落語速記の文体だ。

人々の会話をそのまま写したものでは、滑稽本の他に人情本がある。『浮世床』は文化10（1813）年の作品なのだが、ここから時代が進んだ天保3〜4（1832〜33）年の『春色梅児誉美（しゅんしょくうめごよみ）』（為永春水（ためながしゅんすい））をみてみよう。

遠くて近きは男女の仲とは、清女が筆の妙なるかな。そも丹次郎と米八は、色の楽屋に住みながら、いつしか契りしかね言を、たがえぬみさをの頼もしく（中略）

「米八、その薬を茶碗へついでくんな、胸がどきどきするから」

「オヤそうかえどうしようね」と、びっくりして薬を持ち来たる。

「何サ何でもねえが」とにっこりわらう。

「わりい事をしたねえ」とこれもにっこりわらう。

「そりやぁそうと、アノお蝶はどうしたのう」


『近代日本文学大系 第20巻』（国民図書）為永春水『春色梅児誉美』より

会話文がやたらにリアルだ。明治初期の言文一致小説に文体が似ているのも、なんだかんだ言いつつも彼らが江戸の戯作の影響を受けていたことがわかる。

為永春水は式亭三馬の弟子で、人情本で人気を博した。戯作者としてデビューするまでは林屋正蔵の弟子だったこともあり、講釈師としても活動していたという。だからだろうか、読み聞かせの際にはこのテンポの良い会話の文章が存分に活きている。なんたって、話芸で食べていた作家が書いた小説だ。読むだけでなく、聴いて楽しめる。

文語体一辺倒ならこうもいかない。「なんだいそりゃ」「もういっぺん言ってくれ」と、読み聞かせの場がリアル『浮世床』になってしまうだろう。

幕末に戯作者として、明治維新以降は報道という名目でつづきものを書きまくった染崎延房（そめざきのぶふさ）は、春水の弟子だ（なのに人情本と滑稽本が苦手で勧善懲悪ものばかり書いた）。戯作で食えなくなったためジャーナリストの立場で報道としてつづきものを書いたが、ウソもホラも盛った「ほぼ戯作」だったらしい。

江戸時代の口語体は、何も「言文一致」を意識して発生したわけでは

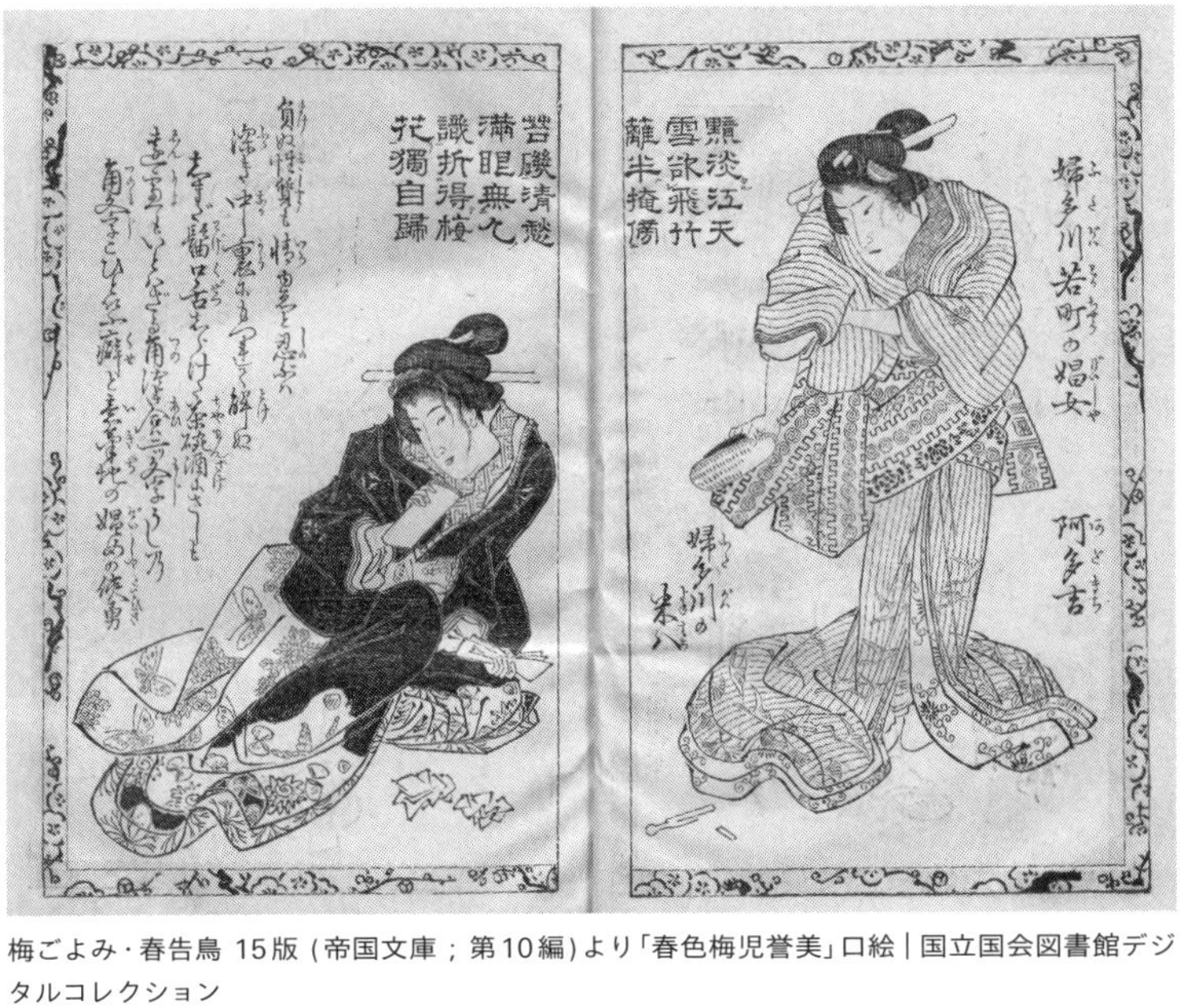

梅ごよみ・春告鳥 15版（帝国文庫；第10編）より「春色梅児誉美」口絵｜国立国会図書館デジタルコレクション

ない。「エンタメ」として出した時に、たまたま口語体となっただけだろう。落語は口承文芸というが、口伝え（つまり口語体）で継承されたので、「掛取り」のネタと言葉が化政期の咄本そのまま現代に至っている。三馬と春水は、読者が共感する会話を書いたら自然と口語体になったわけで、延房が幕末・明治に書いた勧善懲悪ものは雅俗折衷体だ。仮名垣魯文は維新期にサクッと会話中心の口語体で本を書いて売れた。

このように、口語体で文章を書く行為は、さほど難しくなかったはずなのである。ではなぜそんなにも言文一致運動は四迷を泣かせて筆を折らせるに至ってしまったのか。次の項で考察してみたい。

江戸っ子と文芸

江戸の方言で書かれた本

演芸速記は言葉をそのまま写しているので、演者の言語が文章になる。なので、地の文はその当時の丁寧な言葉遣いとなるし、台詞の場合は舞台が江戸で、職人ならべらんめえ調だし、日本橋あたりの商人なら丁寧な言葉遣いとなる。実際江戸の人々は、それぞれの立場と状況に応じて、丁寧な言葉もべらんめえ調もござる言葉も使いこなしていた。

岡本綺堂（おかもときどう）は『甲字楼夜話』の「戯曲と江戸の言葉」で、「江戸に限らず都会人はみな、多年の訓練によって言葉の使い分けを自然に心得ている」と書いている。綺堂によると、もっとも丁寧な言葉を使うのは日本橋あたりの商人だったという。綺堂の父親曰く「身分の良い商人と話をしていると、こっちが恥ずかしいくらいであった」らしい。綺堂の父親は武士で御家人だった。

一人称も様々だ。日本語には一人称と二人称の種類がめちゃくちゃある。「あっし」「お前ぇ」と言えば熊さん八っつぁんで、「拙者」「身共」「其方」「お主」と言えば武士、「わたくし」「わたし」「あなたさま」は商家、「ちょいと、あんた！」は長屋のおかみさんが亭主を呼ぶお決まりで、「わっち」「あちき」「ぬし」は廓言葉。自分や誰かを呼ぶ言葉が入るだけで、登場人物をほぼ説明できた。

当然、江戸期に書かれた戯作も同じだ。会話文が中心の滑稽本や人情本は、ほぼ口語体で話が進む。登場人物がどこの誰で、どんな気持ちなのかは会話で語らせれば読者は理解できる。

そうやってこれまで来たのだから、明治になって小新聞で平易でわかりやすい文章で正しい情報を伝えようという試みは、さほど骨を折ることでもなかったのではないかと思われる。

では、なぜ坪内逍遙はあんなに躍起になり右往左往して、二葉亭四迷は泣くほど悩んだのか。

それは、「標準語」で「思考」を書こうとしたからではないのか。明治20年代、共通語はあったが「標準語」という概念はなかったという。江戸から明治初頭にかけて出回っていた口語体の文章は、いわば江戸弁・東京弁の方言による文章だ。書き言葉の共通語は文語体しかなかったのである。

登場人物たちの苦悩は誰が語る？

この本のテーマは演芸速記がどう近代文学に影響を与えたかであり、芸能関連の頭しかない私には近代文学についてトンチキな見解しかお話しできない。なので、演芸速記からみた、逍遙や四迷、尾崎紅葉や夏目漱石の文芸をみていこうと思う。

野村剛史『日本語スタンダードの歴史』によると、標準語は新しく東京に移住した新しい教養層の人々によって作られた、シン・東京山の手言葉が採用されたとしている。さらに、書き言葉の共通言語は「文語体」しかなく、口語体で言文一致させる際に、談話体（相手に語り掛ける文体）「です・ます」を採用したのが山田美妙、思考を言語化した内語「思い言葉」として「である」を採用したのが二葉亭四迷と述べている。

これらを鑑みて、明治初期の口語体をみてみよう。

> 富貴楼に歌妓を集え、岩亀楼に娼妓を求めて。角力甚九のすててこ踊り。売徳節から調子がはずれ（中略）二人連立港崎の、後朝過し十時頃吉田橋を渡りながら
> 「トキニ弥二さん夕べ僕が處に出た娼妓は漢語ばかり遣やァがって寝てからの話が贈答に骨が折れて強勢よわらせやァがったヨ何でも彼妓は儒者ばからしいと云見識だから学者の娘に違えねえゼ」

仮名垣魯文『西洋道中膝栗毛』（聚芳閣）より

仮名垣魯文の、『東海道中膝栗毛』の現代パロディ『西洋道中膝栗毛』だ。「漢語交じりの会話はダルい」と、教育云々と鼻息の荒い学者先生を喜多さんの声を借りてやり込めている。会話文が中心なので問題なく口語体となっており、喜多さんは「僕」という書生っぽい一人称だが「違えねえゼ」などと江戸弁だ。

一方、報道という名目で書いた魯文の『高橋阿伝夜叉譚』は平易な文語体で、たまに出て来る台詞は芝居じみた江戸弁である。条野伝平（採菊）も、物語と報道の文章は分けていたようで、染崎延房との共著『近世紀聞』は堅苦しい文語体である。いわゆる「書き言葉」として日本全国に共通する文体は、魯文や条野をもってしても文語体からは逃れられな

『西洋道中膝栗毛』万国航海 2編 上｜挿絵／国立国会図書館デジタルコレクション｜横浜沖から蒸気船が出航する様子を描く。絵師は落合芳幾。

かった。

染崎は、維新後も得意とする勧善懲悪の戯作にこだわり、東京絵入新聞でのつづきものも同じ調子で書いていたという。読者からしてみれば、地の文は文語だろうと口語だろうとどっちでもよく、平易に読めて面白ければ問題はなかった。徐々に小新聞の文体は丁寧な東京の言葉で語られるが、自然発生的にそうなったものだろう。

しかし、逍遙たちが目指した開化の「小説」となるとそうはいかない。しかも、「正しい言葉」で世の中を「写実」してこその新しい時代の「小説」という定義まで掲げてしまった。

「正しい言葉ってなんだよ！」

この考察が、山田美妙（やまだびみょう）と二葉亭四迷の文体を分けた。山田美妙は、当時の政治家や実業家など高等教育層が講演などで使う言葉を採用した。四迷は自身の考えていることをそのまま文章にした。当然、四迷は江戸っ子なのだから、江戸弁寄りの東京語だ。「即ち東京弁の作物が一つ出来た訳だ」である。

東京語という、新しくできた山の手言葉で書いてみようとするも、今度は書き方がわからない。これまで、文語体の戯作しかなかったのに、共通語（標準語となるもの）でどう思考を文章化すればよいのか。頼みの逍遙の『当世書生気質』も、蓋を開けてみれば「戯作」調だ。

先に、庶民にとって地の文は文語体のままで何の問題もなかった、と書いた。それは、登

場人物の身の上や思考の説明は、全て登場人物たちの「会話」が補っていたからだ。これは落語も同じで、

「ご隠居さん、居るかい」「ああ、熊さん、お入り。ここんとこ顔を見せないから、どうしたのかねえと、ばあさんと話していたんだよ」「あいすみません、あっしもご隠居にせめて顔だけでも見せなくっちゃならねえなって、通るたんびに思ってたんですがね、ここんところ仕事が重なっちまいまして、貧乏暇なしってんで…」

と、ご隠居さんは暇を持て余していて熊さんと仲良しで、熊さんは熊さんという名なのだから職人で、仕事が重なっているということはそこそこの腕を持っているんだろうと、会話文だけでわかる。高座を見ればもっとわかる。

しかし、戯作、つまり江戸時代からその当時までの小説は、地の文は（その噺の世界の）事実のみ述べていた。誰それが何を考えているのか、その状況はどうだったのか、など叙述的なことは書かない。それは台詞で言わせる。だから戯作はわかりやすいのだ。

四迷は思考をそのまま写して言文一致を図ろうとした。そうすると、登場人物の説明をどこからの視点にしてよいのかわからない。主人公を写実しようとすると、ヒロインの心離れがどういう経緯でそうなったかが説明できない。

そこに現れたのが、圓朝の「怪談牡丹燈籠」だった。

「怪談牡丹燈籠」の神の視点

三遊亭圓朝は、「牡丹燈籠」の速記で文学界をどうこうするつもりはなかった。しかし、この演者が語る高座、つまり「演者視点」が四迷にとって、可能性の光となった。「口語体で文学は書ける！」

圓朝が話す言葉、特に地の文は、その頃の丁寧な言葉であり、そろそろ標準語の役割を担おうとしている東京語だった。東京語を使い、圓朝は様々なシーンに身を置いて、様子や心情を語る。今でいう「神の視点」だ。

新「是は恐れ入ります、憚(はばか)りさま」

と両手を差伸べれば、お嬢様は恥かしいのが一杯なれば、目も眩み、見当違いのところへ水を掛けておりますから、新三郎の手も彼方此方と追いかけて漸(ようよ)う手を洗い、お嬢様が手拭をと差出してもモジ〳〵している間(うち)、新三郎も此のお嬢は真に美しいものと思い詰めながら、ずっと手を出し手拭を取ろうとすると、まだもじもじしていて放さないから、新三郎も手拭の上からこわごわながらその手をじっと握りましたが、此の手を握るのは誠に愛情の深いものでございます。お嬢様は手を握られ真赤に成って、又その手を握り返している。

伴蔵は茶碗酒でぐい〳〵引っかけ、酔った紛れで掛合う積りでいると、其内八ツの鐘がボーンと不忍の池に響いて聞えるに、女房は熱いのに戸棚へ入り、襤褸を被って小さく成っている。伴蔵は蚊帳の中にしゃに構えて待っているうち、清水のもとからカランコロン〳〵と駒下駄の音高く、常に変らず牡丹の花の燈籠を提げて、朦朧として生垣の外まで来たなと思うと、伴蔵はぞっと肩から水をかけられる程怖気立ち、三合呑んだ酒もむだになってしまい……（後略）

「怪談牡丹燈籠」は多くの人情噺や芝居がそうであるように、舞台が交差して進む。当然、その場の登場人物も、主に動く人物も違う。圓朝は「演者＝神」の視点で、これらの心情を地の文で表現した。一目惚れし合った男女が人目を避けて手を握り合い、それが身体を重ねると同義であることを語り、新三郎の元に通う女が幽霊であることを知った伴蔵を下駄の音で怖気立たせることで、「カランコロン」の駒下駄の音に意味を持たせている。

圓朝の速記で一瞬だけ「いけるのでは」と自信を取り戻した四迷は、『浮雲』で恋の予感に動揺する文三を、神の視点で描いた。

お勢の帰宅した初より、自分には気が付かぬでも文三の胸には虫が生た。なれどもその頃はまだ小さく場取らず、胸に在ッても邪魔に成らぬ而已か、そのムズムズと蠢めく時は世界中が一所に集る如く、又この世から極楽浄土へ往生する如く（中略）何とも彼とも言様なく愉快ったが、虫奴めは何時の間にか太く逞しく成って、「何したのじゃアないか」と疑った頃には、既に「添度の蛇」という蛇に成って這廻ッていた……（後略）

こうして、圓朝の速記が図らずも口語体かつ標準語（的なもの）で言文一致の文学をもたらしたわけだが、その後、尾崎紅葉も幸田露伴も森鷗外も樋口一葉も、言文一致に移行せずに、むしろ文語体を維持した。文芸雑誌に掲載される小説はほぼ文語体で、野村氏（前掲書）によると、明治32（１８９９）年までは文語体が優勢だったらしい。しかし、翌年、口語体が文語体の小説を制し、夏目漱石も泉鏡花も、読み聞かせを意識した口語体の小説を発表する。

こうしてみると、穿った見方だが、戯作をなくした大衆の関心が演芸速記に移り、読みやすさとわかりやすさが、文学の文体を変えていったのではないかと思う。専門的なことはわからないが、漱石の『吾輩は猫である』はちょこちょこ入るくすぐりがおかしいし、『坊っちゃん』はわかりやすい勧善懲悪の青春ものだ。泉鏡花『婦系図』は昼メロさながらの愛憎劇で、芝居や映画にメディアミックスされ「別れろ切れろは芸者の時にいう言葉。私には死ねとおっしゃってくださいな」という、原作にはない名台詞を生んだ。

我々だって、『金色夜叉』の詳細は、熱海で銅像になっている貫一がお宮を足蹴にしたシーン以外はよくわからないし、樋口一葉の『たけくらべ』は美登利がなぜ急に外に出なくなったのかわからないし（水揚げがあったのかな…）、

熱海にある貫一お宮の像｜写真ACより https://www.photo-ac.com/
ダイヤモンドに目がくらんだお宮を蹴る貫一。このシーンが有名すぎて、これ以外は印象が薄い。

森鷗外の『舞姫』はゲス野郎がなんか語ってる印象しかないし、幸田露伴はもはや何を書いたのかも判然としない。

文語体の小説が悪いというわけではないが、わかりにくいから手を出しにくい。ましてや読書感想文を書こうと思わない。現代だって同じだ。明治の人々もそうだったのだろう。

演芸速記が文学に影響を与えたなんて、そんなおこがましいことを言う人は誰もいないだろうし、俗の極みの文章だったのかもしれないが、「人が読みたいってのを出して、何か不都合でもあるのかい？」と世間に示した働きくらいはあるのではないか。

そして演芸速記は大衆文学というジャンルを生む。今でも書店に行けば、大概コーナーがある。みんな大好き、時代小説とミステリーだ。このふたつについては、次章で考察する。

高座の再現と独自性の表現

そのまま写すか修正するか

言文一致で社会がすったもんだしている最中、大衆の味方である講談落語速記の方はというとどこ吹く風で、『百花園』という落語講談速記の専門雑誌が華々しく登場し、速記雑誌は続々と刊行した。そこで浮上した問題が「口語をどこまで正確に写すのか」である。

速記は「言葉を写す」のだから、正確なのが当たり前だ。しかし速記術は本来、議会の議事録や講演を記録するためのものなので、フラ（芸人独特のなんとも言えぬおかしみ）や揺らぎが多い話し言葉を記録するために作られていない。圓朝の「怪談牡丹燈籠」は講釈っぽい人情噺の話し方なので若林も「何とかなるだろう」と考えた訳で、台詞の江戸弁や下町の言葉、滑稽噺や三題噺などの即興（古典落語をやるにしてもマクラが既に即興なのだが）は、速記者もどこまで正確に記録してよいものだか迷うようになってきた。

人情噺や講釈は、たとえ聞き逃したとしても、よく知られている内容や、史実や逸話を扱っているのなら、知識から言葉をチョイスして補える。しかし、フラが多かったり都度内容や言葉が違うと、速記者は戸惑ってしまう。高座が生ものなのは講演や議会も同じなのだが、使っている言葉が違い過ぎるのだ。それに、早口である。ライブの話し言葉なので文法が違っていることもある。

速記者にしてみても、高座がおかしければ笑ってしまうし、贔屓（ひいき）の噺家の時にはテンションが上がってしまう。人間だもの。

今村次郎のこだわり

『百花園』が発刊になった頃の速記の様子を、鶯亭金升（おうていきんしょう）（「團團珍聞（まるまるちんぶん）」の記者で『百花園』の刊行に関わった）が『鶯亭金升日記』の中で回想している。

> 正面に高座が出来て、下に速記者が机にむかい、画家と記者が傍に坐り、社長や僕は傍聴をしていると（中略）「ハイねがいます」と恭々しく扇子を取って弁じ出す。酒井氏が手早く鉛筆を走らして書くと、一席おわってからその速記を読んでもらって「あれはこう直して下さい」「その字はこう書きます」などと注意すると、画家は、「こんな図は如何です」と、挿画の相談をする。

出版社の2階で速記を取ったときのことだろう。速記のために一席かけており、速記者は書いたものを演者に確認していることがわかる。

今村次郎（いまむらじろう）によると、当時の講釈師や落語家は速記を取る前に十分な準備をして臨んだそうで、松林伯圓（しゅうりんはくえん）は長講が多く3回ほどに分けて速記したそうだが、3日間は寄席を休んで準備したという。なので速記する方も自ずと背筋が伸びるわけで、やはり今村もできた原稿を一度読んで聞かせて、校了をもらってから印刷所に出した。

演者から表記のチェックが入ることもあった。

『百花園』では、最初は演芸速記黎明期ということもあり、表記のこだわりや癖はそんなにみえない。高座の言葉を句読点なしで掲載していた。徐々にフラや間を表現するために「……」を多用するようになり、そのうち口上の癖や動作も記載するようになっている。

「ハー（欠伸）」「へー……（口の内）大名てェ者は」「チョツ（舌打ち）」「（親指を出して）レコは」「（反身に成て扇を胸に当てパチパチさせ総て野太鼓の形容と知り給ふべし）能く皆さんお揃いですナ」。ト書きが詳細だ。高座の再現を試みていることがわかる。

仮名表記やルビは、やはり当時の使い方に準拠している。といっても、公的に決まっていたわけではなく、何となくそうやって表現していたというものだ。野村雅昭（のむらまさあき）は「口語資料としての明治期落語速記」の論文の中で、初代三遊亭圓遊の高座における「つまらない」という江戸弁の表記にも、「ツマラヌ」「ツマラン」「ツマラナイ」「ツマラネー」があるとしている。

江戸弁の発音の正確な書き取りに重きを置くと、今度は固有名詞や商品名をどうするか、という問題が浮上する。

そのころ、丹波の産の「薄舞（うすまい）」という煙草があった。それを春錦亭柳桜が江戸弁で「うすめへ（うすめえ）」と発音した。今村が、商品名だからと「うすまい」と書くと、柳桜は「そこは『うすめへ』でなくてはなりません」と言ったという。

今村は、講談速記は娯楽的に読ませるものだからそこまで細かく直さずに演者の意向を取り入れるべきだが、明らかな「てにをは」は直した方が良いという考え方だった。ところが、速記者によっては間違っていても何でもその通りに写すべきだという者と、間違っているところは何でも直して「形無し」にしてしまう人があったという。形無しにしてしまっては読者に読み物としても落語としても興味を失わせてしまうから、それは速記者の上から目線での都合であり、演者の芸に対して忠実ではないと考えていたようだ。

今村や他の速記者は、当時の大概の人気芸人の速記をとった。その中でも難解で「骨が折れた」のは二代目柳家小さん（禽語楼小さん）で、この人の速記ができれば一人前の証だったという。

圓遊は、早口だったらしい。また、速記者が笑うと調子づいてさらに笑わせようとするから速記者泣かせ（笑ってるが）で、若林の弟子で東京日日新聞の記者となった佃与次郎は圓遊の速記について、「恐らく速記をしていながらその可笑しさを耐えるくらい苦しいことはない」と、自分の笑いを耐えようと歯を食いしばり膝をつねってみたが効き目はなかったと述懐している。

これを見て圓遊の方も笑わせて来るものだから、結局3分の1ほどしか速記がとれなかった。佃は群馬県の出で、圓朝や伯圓の速記をとれるようになって「鼻を高くしていた」そうで、圓遊の高座には「要するに私の田舎天狗の鼻がみごとに圓遊の鼻に蹴飛ばされた」と、降参している。なんとも羨ましい。

「落語を文学に！」アンツルの主張

今村たちが表現をできるだけ近づけるように努力していても、演芸速記に慣れていない速記者が速記したものは、読み手は物足りなく感じてしまう。鶯亭金升は「当時の噺の写真かというくらい、よく口癖を写していた」と評価しているが、時代が下るにしたがって、速記と演芸との間に、本来の役割がもたらす弊害が出てきた。

先ほども書いたように、速記は演説や議会の記録のためのもので、口調をそのまま写すというよりは、「内容」の正確な伝達を目的としていた。つまり「〜でございました」と言ったものを「〜であった」と書いても、まあ、ほぼ問題ない。

しかし、演芸速記の場合は、口語体でべらんめえ調もそのまま写さなくてはならない。「私」と表記してもルビは「わたし」なのか「あたし」なのか違うし、「紐」は本来「ひも」だが、江戸弁だと「しぼ」になる。江戸の下町言葉が忘れられていくと同時に、高座の雰囲気や演者のフラを速記だけで表現するのは難しくなってきた。明治後半にはレコードが出回り、大正・昭和になればラジオにテレビにカセットテープと、メディアや録音・再生機器がどしどしと出て、寄席に行かなくても演者の高座を何らかの形で聴ける。速記の記録との隔離が可視化され始めたのだ。

昭和初年に速記者となった秋山節義も、次のように述べている。

口が早くて、手が追いつかなければ、書き落とすことになる。また速記するうえで鬼門の聴こえないこともある。聴こえなければ書けない。書き落とした部分は「書けなかった」では話にならないから、速記者の知識で埋める。また速記文字は「なければならない」と書くのに適していて、「なきゃアなんねえ」とは書きにくいから落語で熊さんが「いっぺえ、やってくとかアねえか」といっても、「一杯、やっていく所はないか」と書くことになりやすい。

『落語名作全集　第2期　第2巻』「速記の変遷」より

この演者の口調、フラ、間を徹底的に文字で表現しようとしたのが、「アンツルさん」こと安藤鶴夫（あんどうつるお）だ。

安藤鶴夫は明治41（1908）年に義太夫の八代目竹本都太夫（たけもとみやこだゆう）の長男として浅草で生まれた。本業は小説家であるが、落語、文楽、歌舞伎、新劇の評論家としても活動しており、演芸界隈では評論家としてのイメージが強い。

まあ、この先生はいろいろと両極端な思想の持ち主で、評論に感情を加味したり嫌いな芸人の芸はスカポンタンに評価して発信するなど、その声の大きさに賛否両論あるのだが、戦後の落語界に多大な影響を与えたことは間違いない。速記本の文体の表記もそのひとつだ。

安藤は明治速記本の金字塔である『百花園』について「信じない」と、その存在を知っても読もうとも手に取ろうともしなかった。それは、演芸は「聴くもの、観るもの」だからというスタンスだ。プロットよりも演者の芸を知ることの方が重要であり、落語や講談のあらすじなど大事なものではなかったとしている。

ところが、昭和34（1959）年に急逝したプロデューサー・湯浅喜久治（ゆあさきくじ）の遺志を継ぎ、東横落語会を引き継ぐこととなり、その芸を記録せねばならなくなった。当時のことなので、データにして残せるわけでもなく、やはり「文字」に起こして残す方法が確実だった（今でもそうかもしれないが）。

そこで安藤は、「落語を文学として耐えうる形」にしたいと考えた。これを実現したのが『わが落語鑑賞』である。

同著は東横落語会の高座の記録だが、目次にある演目の横にあるのは「著者・安藤鶴夫」だ。それぞれの高座は実に詳細に所作が記載されており、左右に首を振る以外のことがほぼ書いてあるんじゃないかと思わされる。

（たしなめられて、ハッと気が付き、申しわけなさそうに）「へッ、すみません、へェ（ちょっと間を置いて）よします……。（ひとつ辞儀をして、体をのけぞるように顔をあげ、プウッと息を吐いて、湯のみにいくらか酒の残っているのを見て、それをグイグイとあおって、チュッとこぼれたのを吸って、右手でそれを左側の前のほうへポンと置いて、ゆっくりと）徳利…そちらへ（ちょっと間をおいて）お返しします。（煙草入れを取る。なかばふてくさって）旦那、すみません。（キセルに火をつけ、大きく吸って、フーッと吐き出して）よしました……（やや強く）大将、よしたよ。（小さくひとりごとのように）何言ってやんでェ、しみったれたこと言うない。フン（と鼻であしらって）チェッ！（一服すったのを、ポンとはたいて、それをほうりだすと、ひとひざ前にゆすり出して、強く）旦那、麻布の旦那、大将、旦つく！　あなたネ……」

桂文楽「素人うなぎ」

文学か？　これを文学というのか？　と突っ込みたくなるほど、ほぼ内容が頭に入ってこないのは私だけか。しかし、安藤は「噺家の芸」を残すことこそ重要であり、『百花園』を読まなかった理由にもあるように「プロットに興味はない」のである。

私なぞは脳内変換が趣味なので、ト書きがあるとそこで妄想が中断されてしまう質だ。『圓朝全集』の「怪談乳房榎」は読めるのだが、六代目圓生の『圓生全集』にあるト書きが入った「怪談乳房榎」は読めない。読み物としての速記本（厳密には速記ではなく映像をみての書き起こしなのだが）は、ここで終えたという気がしている。

人それぞれに好みはあるのだから、アンツルさんの表記は良いとも悪いとも言えないのだが、戦後の演芸速記本は確かに「芸」の評価に重きが置かれるようになり、挿絵がなくなり演者の写真となった。

演芸速記は大衆文学ではなくなった。芸の記録となった。それが良いとも悪いとも言えないし、必要であると思う。

ただ、私はうまいこと読めない。「お前が脳内変換しているそれは、別モンだろ」と突っ込まれてしまえば、確かにそれまでである。

速記と芸人

活字落語はダメだよ

昔の噺家は稽古をしてもらう際に、3回噺を聴いて覚えた。これを「三遍稽古」というそうで、昔の人の記憶力はすごい。

と言っても、初めて聴く噺を3回で覚えるわけではない。昔も今も（他のところは知らないけれど）、前座のうちは楽屋で修業をしながら師匠たちの高座を聴いていた。それが稽古だった。

楽松（らくまつ）の師匠の三遊亭鳳楽（ほうらく）は、師匠の五代目圓楽（えんらく）が忙し過ぎたため六代目圓生に預けられ、圓生から噺を教わった。

楽屋で下働きをしていると、圓生や他の師匠から「仕事はいいから、高座を聴いていなさい。それが一番の稽古だ」と、袖で聴かせてもらっていたという。十代目柳家小三治（こさんじ）も、師匠の五代目小さんからほぼ噺を教わらなかったらしいが「芸は盗め」と言われていたという。

常に師匠の高座を見て聴いて覚える。それが前座の修業であり特権だった。楽松はこの教えをしっかりと守り、「休んでいいよ」という日も寄席（当時、東京・江東区東陽にあった寄席・若竹）に行って、どこかの師匠に「お前は寄席に住んでるのか」と大真面目に聞かれたらしい。

演芸速記が登場した明治、三遍稽古で噺を覚えていた噺家たちも当然、速記を目にするし手に取るし読む。そうなると、聴いて覚えるはずの稽古でちょっとわからないことが出てきても「まあ、速記読めばわかるしな」となるのは、人の心理として致し方ないことだろう。今だって、音源があればそっちを聴いてしまう。ＹｏｕＴｕｂｅだって見てしまう。

橘流寄席文字の家元である橘右近（たちばなうこん）は、元々は三代目柳家つばめに入門した噺家だった。入門する前は活版屋の職人をしながら天狗連（てんぐれん）（落語を演じる素人連）をしていた。右近は都電で二代目三遊亭圓歌（えんか）にたまたま出会い、何とかプロの落語家と話をしたいと、席を譲った。圓歌は吃音を持っていたのだが、右近に「こんど遊びにおいで」と名刺をくれた。

吃音を知らずにいきなり話しかけてしまった右近は、すまないとは思いつつも、噺家と知り合いになれるという魅力には抗えず、お詫びという名目で名刺に書かれた師匠の家に行ってみると今度は、

「晦日に独演会をやるからおいでョ」

八丁堀にあった菊松亭の楽屋に行ってみると、圓歌が「サラ口（前座に上がること）で上がってごらん」という。右近は驚き、天狗連の自分が上がることなど怖いとも思ったが、やはり夢の高座に上がるという魅力に抗えず「寿限無（じゅげむ）」をかけた。

「これ、取っておおき」

右近は圓歌から足代（交通費）として1円をもらった。当時、往復の電車賃が7銭。1円は大金だ。浮かれた右近は、お礼にと後日に圓歌の家を訪問した。すると、圓歌が言った。

「活字落語は、ダメだよ」

活字落語とは、速記を読んで覚えた噺のことだ。文字だけでは、顔の上下、つまり隠居が左右のどっちなのか、隠居に向かっている熊さんはどこを向くべきなのかがわからない。それを、わからないまま、文字だけ読んでやってしまう。

右近は「やっぱり、素人のお道楽でしかねえ自分と、その後、私も噺家の卵になって本職のちがいをまざまざと知ったようなわけでして」と振り返っている。

噺家がプロとして二つ目や真打を名乗ることが出来るのは、修業を経ているからだ。

師匠の高座を聴いて、見て、稽古して、「上げの稽古」で「やっていいよ」と許可が出なければ、その噺は高座にかけてはならない。許可が出て初めて、「形」を継承できたということになる。

もし黙ってかけたことが知れたら、それはもうえらく怒られる。形ができあがってないのだから当然だ。今でももちろんご法度である。

噺家は噺を覚えるたびにこれを繰り返し、ひとつひとつ、自分の師匠の、または一門の形を継承した持ちネタを増やす。しかし、天狗連は、右近の頃は「活字落語」、現在はネットの動画やＤＶＤで名人の芸を見て覚える（噺家がカルチャーセンターなどで落語を教えている場合はそうではないけど）。大学の落研だと、賞を取った先輩に教わる場合もあるらしい。そういうのは「形無し」という。「淀五郎」では、団蔵をしくじった淀五郎に、中村仲蔵が「形」とは何かを教える場面があるのだが、芸の世界はこうして「形」が継承されてきたのだ。

文楽の完璧主義

この右近に寄席文字の専門家になるようにと勧めたのが、八代目の桂文楽（かつらぶんらく）であった。桂文楽・古今亭志ん生・三遊亭圓生という昭和の名人のひとりで、早くから「飛ぶ鳥を落とす勢い」の仕事量を誇っていた。

実は志ん生と圓生が名人と言われるようになったのは戦後だ。特に志ん生は貧乏の極みで、それでも酒と博打は欠かさないので、大いなるエピソードがたくさんある。そんな生きざまが芸に現れたのだろうか、圓生は志ん生の芸について「道場で試合をしたら勝てるが、野戦だと志ん生に勝てない」と言ったらしい。

出来不出来の差は大きく、酔っぱらって高座で寝たのは有名な話だ。それでも「寝かせてやんなよ」と、客は面白がって志ん生の寝顔をみていたという。

このエピソードを『志ん生一代（下）』で書いた作家の結城昌治（ゆうきしょうじ）は、文楽の芸を志ん生の奔放な芸と比較して「煮詰めすぎたのでは」と述べている。

若い頃から売れていた文楽は、雑誌に口演速記が掲載される機会が多く、レコードは次々に出るし、昭和30（1955）年以降は口演速記の全集も出た。寸分の隙もない、志ん生とは真逆の高座の記録だ。

文楽は芸を磨くために、仕上がった速記を読み、余計な部分を削っていった。

落語は無駄を省き噺に磨きをかけていく、引き算の芸だと言われる。例えば、「芝浜（しばはま）」のサゲは「いや、よそう。また夢になるといけない」だが、これは文章にするとこの通りなのだが、実際に高座でやるときは「…、よそう、また夢になるといけない」と、ストンと落とす。「いや」をはっきり言わずに、あるいは言わずに間を作る。速記の文字通りにやらないのである。

しかし文楽はこれを自分の速記でやった。結城はこれについて「活字に手を出したらキリがない。落語でこれをやったら、煮詰めれば煮詰めるほど味が薄くなる」としている。

結果的に、「面白さ」では志ん生の方が勝った。志ん生の人気は、志ん生が持つ高低差の激しい独特のフラだった。ある程度の無駄と穿ちが面白みを作った。

速記は読み物であり、落語そのものではない。噺家自身が速記を読んで手を加えるなど、やっちゃいけなかったのだ。

以前に取材した噺家は、落語を覚えるときに「速記は読むけれども、一回だけ。文字に起こすこともしない」と言った。なぜかと尋ねると「文字の情報が邪魔になるんです」と言う。芸は見て聴いて、高座で客と対峙して磨くもの。「活字落語はダメ」なのである。

圓喬の「蒟蒻問答」

話を明治に戻そう。圓朝はなぜか『百花園』に速記を掲載させなかった。初月と次の月に「いろいろあって、次回から登場するかも」とのらりくらりして、三月目からようやく登場したかと思ったら小咄だけで、その後、小咄以外は載っていない。まあ、圓朝は他に連載を持っていたし、自分が出るよりも弟子や若手に活躍の場を与えたのかもしれない（単にプライドが許さなかったというのもあるかもしれないが）。

圓朝の代わりに、弟子の圓遊（えんゆう）の速記は大変によく掲載された。そしてもうひとり、明治27（1894）年に登場しレギュラー陣に加わったのが、やはり圓朝の弟子である三遊亭圓喬（えんきょう）だ。

圓喬は師匠の圓朝をしのぐほどの芸の持ち主であったが、性格が悪かったので二代目圓朝の襲名を逃した。しかし、巧かったことは確かなようで、柳派は当時、圓朝の芸は絶対に褒めなかったが、三代目小さんは圓喬の芸を口を極めて褒めていたという。

なぜ圓朝より圓喬の芸がよいと小さんが言ったのか。それは、圓朝の「声色を使った芸」にあったらしい。

「声色を使った芸」というのは、「声を変えて人物を演じ分ける」ことを言う。現代では、人物の演じ分けに「声」は使わないことが良しとされている。「若い女」を表現するのに裏声を使ったり役者の声を真似たりするのではなく、身振りや「声の調子・テンポ」だけで演じ分けるのが「落語家の芸」というわけだ。

圓朝はもともと「芝居噺」の噺家で、途中で素噺に転向している。このため声を使った人物の演じ分けもしていたのだろう。

三代目小さんは、派手な身振りと声色がなくても演じ分けることが、話芸の本筋と考えていた（現在でも柳派の芸はその傾向を強く感じる）。

圓喬は圓朝の弟子であったが、三代目小さんが「うまい」ということは、声色を使わない芸だったのだろう。圓喬の高座はレコードで残っており、聴くと確かに登場人物がみな同じ声だ。声が変わらない芸は地味ではあるが、高い技術力を必要とする。その点では、圓喬の

「話芸」は圓朝をしのいでいたのかもしれない。

そういったことは、文字だけの速記ではわからない。三代目小さんが記していなければ、「圓喬はうまいけど性格が悪い噺家」とだけしか伝わらなかっただろう。

圓喬は自分の女房に「座ってしゃべらせておくより使い道がない」と言われるほどの〝落語バカ〟だったそうだ。圓朝を襲名せず、圓喬の名を残せて良かった。

そんな圓喬が『百花園』に初登場の際に選んだ演目が「蒟蒻問答（こんにゃくもんどう）」だ。

「蒟蒻問答」は、ほぼ身振り手振りによる芸だ。速記にはまるで向いていない。実際の速記をみると、やたらに地の文が多い。多分だが、圓喬が身振りを説明しながらかけたのだろう。

速記雑誌に速記を載せたら芸が盗まれる、と敬遠する芸人もいたらしいのだが、圓喬は「蒟蒻問答」で身振りも台詞も何もかも晒した。

「読む落語」である速記雑誌に、「見せる落語」をわざわざ持って来るというのがいかにも圓喬らしいではないか。「速記で芸を盗めるものか、やれるもんならやってみろ」という気概だったのかもしれない。

4章

小説と話芸速記の境界線

演芸から小説、小説から演芸

口語で読む演芸

「怪談牡丹燈籠」が速記になる前から、演芸が小説として書かれていたことは、前の章でもたびたび記した。

実は、演芸を「読む」行為は江戸時代の早くから存在していた。井原西鶴の『好色一代男』にも浄瑠璃本を読む描写があり、元禄（1688～1704）の頃には既に読まれていたことがわかる。浄瑠璃本とは、イラスト入りで浄瑠璃の詞章が書かれたもので、浄瑠璃そのものを読むためではなく、ストーリーや雰囲気を楽しむものだった。演芸を文字で読む行為について、人々はさほど抵抗はなく、だからこそ速記を広めるための方法として、圓朝の人情噺が選ばれたのだろう。

幕末から明治初頭にかけても、講談、落語の人情噺に取材した戯作がかなりあった。嘉永7（1854）年発表の『照天松操月鹿毛』は春風亭柳枝が自ら筆を執った作品だし、明治初頭には仮名垣魯文が松林伯圓の『薄緑娘白波』、田辺南竜の『松飾徳若譚』をノベライズした。伯圓は自分で『新編伊香保土産』を書いている。

明治4（1871）年に発表された圓朝の「菊模様皿山奇談」は、「三遊亭圓朝作話・山々亭有人補綴」と連記しており（山々亭有人は条野採菊の戯作者時のペンネーム）、採菊はこれを口語体での執筆に挑戦している。

採菊の息子の鏑木清方は「『菊模様皿山奇談』は父の作のように覚えている。あの時分、口語体で小説を書いていたことはおもしろいことだと思う」と振り返っている。

なぜ口語体で書こうとしたのか。それは、圓朝の高座を再現した読み物で、戯作の空白を埋めようと試みたのだろう。しかし、採菊が明治4年に発表した際の文体はというと、

「きのふのさかりけふはまたたつほにはやきよの中はなにがつねなるあすか山ぬいたくと夕まぐれ……」

とさっぱりわからない。明治24（1891）年の圓朝の口演速記は、

「美作国粂郡に皿山という山があります。美作や粂の皿山皿ほどの眼で見ても見の

こした山、という狂歌がある。その皿山の根方に皿塚ともいい小皿山ともいう、こんもり高い処がある。その謂れを尋ねると、昔南条郡の東村山という処に、東山作左衛門と申す郷士がありました」

となっている。採菊が書いた文章は口演とはまるっきり別物であり、いわば江戸時代から抜け出せていない草双紙だった。同じ頃の松林伯圓自身の筆による『新編伊香保土産』もほぼ文語体となっており、やはり高座を再現しようとしても難しかったことがわかる。

それでも時が経つにつれ、試行錯誤が口語体となって現れるようになってきた。『怪談牡丹燈籠』の速記が登場する3年前の明治14（1881）年には、諸芸新聞が田辺南竜の「黄鳥谷於梅復讐」を、一流世話講談として掲載開始している。

昔時より主を討れ父や兄を切害されまして千辛万苦の年月を重ね遂に其の敵を討たというお話は数多く中々一朝一夕には述立られぬ程の事は皆様も宜う御存じ然る処ろ王政御維新と成ましてからは追々開化とやら致し去る……（後略）

まあまあ口語体で、高座を再現しようとする努力がうかがえる。新聞の編集目的としても、講談や人情噺の高座自体を読者に伝えようとしていた。執筆者の方は「己の筆はたたみを睨みて修羅場をたたく前座の口より回らぬゆえ、どうかこうかと案じわび、恐々勤め」と、高座の調子に筆が追い付かないと正直に反省している。

戯作界隈がパッとしない中、人々の欲求を満たすものは寄席で聴く講釈と落語だった。これを「読みたい」というのは自然発生的な欲求だったのだろう。今のように、ＹｏｕＴｕｂｅに動画があがってくるわけでもないのだから、好きな時に物語を脳内再生するには「文字化」しかない。

彼らがノベライズを求めるその気持ち、私にはとてもわかる。昭和44（1969）年生まれで古（いにしえ）のオタクである私が、当時好きなアニメ映画を再生するには、音だけ録音された（！）レコードを購入するしか方法がなかった。『銀河鉄道999』も『ルパン三世　カリオストロの城』も、『天空の城ラピュタ』も（この頃になるとビデオがあったけど）、レコードに比べてずっと安価なノベライズを買って死ぬほど読んだ。二次創作的脳内補完ができるノベライズは、実に重宝である。

新聞小説が演芸となり、それが速記になって返って来るというパターンもあった。

「おとなが怪談」は明治11（1878）年に連載されたつづきものだが、これを松林伯圓が脚色して高座で読んだ。伯圓は新聞ネタを講釈として読んだので、「泥棒伯圓」の次は「新聞伯圓」と呼ばれていた。

この伯圓の高座は『波枕隅田藻』として、酒井昇造の速記によって明治25（1892）年に刊行。人々は同じ話を、小説・講談・速記とメディアミックスで楽しんだわけで、知識層が言文一致だのなんだのと難しいことを考えている間に、演芸速記はたくましく萌芽していたのだ。

小説家・談洲楼燕枝

落語・講釈の小説化は、多くはその芸の再現に重きを置いていた。そんな中で「小説」という作品に仕上げようとしたのが、談洲楼燕枝であった。

談洲楼燕枝は柳派の惣領で、三遊派の圓朝のライバルであった。圓朝が木母寺に三遊塚を作ったら、燕枝は柳島妙見（法性寺）に「昔はなし柳塚」を作った。「昔はなし」とは、当時の落語の人情噺を指し、滑稽噺は落とし噺として分けられていた。柳派はどちらかというと落とし噺系統かと思われているふしもあるが、「昔はなし」人情噺も多くかけていた。その人情噺を圓朝と同じくらいに精力的に創作したのが燕枝である。

ところが現在、燕枝の速記はあまり残されていない。文字として記録されていたとしても、現代に復刻されていない。

柳派が人情噺や怪談をかけるとき、圓朝噺である場合が多いのはこういった理由もあるのだろう。復活しようにも情報がないのだ。いくら落語が口承文芸だとしても、文字として残しておかないと、やはり継承に弱い。圓朝はその音も映像も残っていないのに、口演速記の全集が何度も刊行されているからこそ、令和の時代になっても健在でいられる。

談洲楼燕枝は三遊亭圓朝と同時代の噺家で、柳派と三遊派でしのぎを削ったライバルだ。といっても、鶯亭金升によると「燕枝の高座はどうも淋しい」らしい。圓朝の高座には毎晩ヤマ場があり、それを楽しみに客が来る。燕枝の高座にはそれがなかったという。圓朝の場合は粋狂連でのネタ収集には困らなかった上に、あのサブカルプロデューサー条野採菊が付いている。もともとの創作力に時勢のエンタメ性が加わることで、人々を惹きつける物語が生まれたのだろう。

しかしここに異を唱えるのが、燕枝の弟子である三代目柳家小さんだ。小さんは圓朝の芸を「巧いと思わない」と言ったと前に書いたが、さらに「圓朝と伯圓は作家が付いていて常に新しいものを出しているだけで、山勘の興行師だ。狂言作家が付いて番付の良いところに出すから売れているだけだ」と、散々なことを言っていたらしい。

この頃、三遊派は派手で柳派は地味と言われており、柳派である小さんは、派手で流行りを見抜いて権力にうまく阿る圓朝が、要するに大嫌いだったのだろう。

確かに燕枝の作品は、圓朝作品のように次から次に事件が起きたりフラグがやたらに立ったりということがない。しかしそれには理由がある。

燕枝の作品で残っている文章は、ほぼ燕枝が書いたものだ。速記者が口演を写したのではなく、自身で書いている。速記雑誌の『百花園（ひゃっかえん）』にも燕枝の高座は掲載されていて、他の速記には速記者が記載されているが、燕枝の口演には「談洲楼燕枝編述」としか書かれていない。

つまり、自身の高座、落語を、自身がノベライズしているのだ。燕枝は仮名垣魯文の弟子で、あら垣痴文を名乗っていた。自分の高座を速記ではなく小説にして起こしたのは、戯作者・文筆家であるあら垣痴文のプライドであり、文字として起こしたものは文学であるという考えに基づいたのではないだろうか。

燕枝は数多くの新作を書いたが、中でも有名なのが『島鵆沖白浪（しまちどりおきつしらなみ）』と『西海屋騒動（さいかいやそうどう）』だ。『島鵆沖白浪』の速記は、柳亭燕枝演・伊東橋塘（きょうとう）編集となっている。当時の「編集」は執筆もしたので、燕枝の口演を伊東橋塘が小説に書き起こしたと考えられる。

『西海屋騒動』は談洲楼燕枝述として、毎日新聞に明治30（１８９７）年5月4日から8月27日まで、１００回にわたって連載された。新聞小説である。もともと書いていた水滸伝の登場人物名を取り入れた『唐土模様倭粋子（からもようやまとすいこ）』があり、これを源平合戦の登場人物名に変えて長編小説としたと言われている。

　葛飾連の撰者、文々舎蟹子丸の狂詠に、

　　道の記をまず鹿曲川千曲川

　　　かくちくいちに案内尋ねて……

とマクラに置いて本日より申し続きます噺は、天保年間、江戸霊岸島船松町の廻船問屋西海屋の騒動にて、発端は信州松代の城下に起こり、終わりは相州大磯の駅にて両親の仇を討つ、孝子伝の長物語にござりますが、扇と筆とは持ち具合が違いますゆえ、おもしろくご機嫌がうかがわれませぬが、そこがご贔屓のご常連様、よろしきご評判を願いあげます。

　ここは信州松代の城下鍛冶町の花生亭という料理屋の奥二階、ふたりづれの客人は、土地で男と立てられる御所車の花五郎と申して、年のころ三十前後、もとは江戸にて二段目の上の口まで取りあげた相撲でございましたが、義のために人を害し、信州へ流れてきて戸隠の政五郎が身内となり、力強く仁義あって潔白な心ゆえ、自然と人に用いられ、背にみごとなる御所車に桜の散りかかる刺青あれば、その名、轍の音よりも轟き……（後略）

噺家の燕枝として、戯作者の痴文として書かれた文章は、読みやすく、スラスラとした言い立てが浮かぶようだ。

速記の場合、高座の特性上どうしてもダレ場ができたり、説明するための地の文が続いたりなどがあるが、これは「速記に見せかけた新聞小説」として書いているのですっきりとしている。「扇と筆は持ち具合が違いますゆえ」と、燕枝は「落語の脚本」ではなく「小説」として書いたであろうことがわかる。

冒頭の狂歌は、第2回以降も「マクラ」として語られる。戯作者・痴文としての演出だ。あたかも速記のような小説の形態は、やがて「書き講談」へと繋がり、時代小説や探偵小説などの大衆文学へと昇華する。

燕枝の小説は、もっと評価されていいし、やっぱり高座でも聴いてみたい。冒頭の部分だけでも、すでに声に出したい、声で聴かせてほしい文章だもの。

伝説の『百物語』を読む

明治27（1894）年、怪談集『百物語』が発刊された。菊判で出版社は東京の扶桑堂、表紙は月に薄、背表紙には何の情報もなく、表紙をめくり出るは、女性が生首をぶん投げている水野年方の口絵（次ページ図）だ。圓朝、燕枝、伯圓、菊五郎など錚々たる面々が1話ずつ怪談を語る。どうやら素人連も寄稿しているらしい。プロ・アマが混在した怪談アンソロジーだ。

このアンソロジーの元になった怪談会では、明治26（1893）年に浅草奥山閣にて名だたる顔ぶれが集まり怪談を競った。やまと新聞の条野採菊が主催しており、その人脈をフルに生かしたことで、先のメンツが集合できたというわけだ。

ここでかけられた怪談は、翌年から早速やまと新聞で連載となった。扶桑堂から発刊された『百物語』はこの連載を編纂したものである。

それにしても、お化け嫌いの明治において、なぜ怪談会が開催され、本まで出たのか。

文明開化に近代化と邁進していた新政府は、戯作を「荒唐無稽」とこき下ろし、怪談は神経病ということにされたわけだが、世界の扉を開けてみると、結構よその国にも幽霊がいて、お化けを研究する分野の存在が判明してきた。あこがれのイギリスではスピリチュアルな研究は盛んだったし、シャーロック・ホームズの探偵小説を書いたコナン・ドイルは、第一次世界大戦期から心霊研究を始めている。

それに、やっぱりみんな怖くて不思議な話は好きだった。幽霊の話は売れるのだ。人も入る。そんなこんなで、ぼちぼちと演芸や文学に怪談が戻りつつあった。

とはいえ、「三条の教憲」が提出されていた手前、後ろめたさもあったのだろう。「百物語の序」にその旨説明がある。

条野採菊著『百物語』(扶桑堂)より生首を投げる場面(水野年方挿絵)|国立国会図書館デジタルコレクション

今日の文明に化変りたるの眼より見るときは（中略）「怖いと思えば箒も鬼に見える」と。是に因てこれを観れば、決して化物あるにあらず。皆自ら、己の臆病なる神経を以て、強て化け物を作るなるべし。ここに方今有名の諸大家及び講談落語の親玉株、一夕集って、戯れに百物語をなす。而して、その語る処、皆実事に係るものの如し。如何様実事と云えば、本当の事なり。本当と云えば、実際あった話しに相違なし。（中略）奇怪なる事がありしや否やの小理屈は姑く措き、この数席の談柄中、大いに善を勧め、悪を懲らし、世を諷し、人を戒むるの効能は、却って男女の痴情を説破したるの類に勝る事、幾層倍なるに感じたるが為に……（後略）

つまり、化け物はその精神が見せるものだというけれども、ここで語られたことは本当にあった怖い話で、本当にあったということは実際にあったことなんだから仕方ない。いろいろ考えてはいけない。怖い話を聴いて自身や社会の悪しき部分を省みれば、男女のあれこれを書いた本よりもずっと役に立つから読んでね。というところである。「実際にあった話なんだからこれは報道」という大義名分の下、怪談会は始まったのである。

お化けよりも怖い怪談親玉株

百物語の会場になった浅草奥山閣は、明治20（1887）年に本所から移築した木造5階建ての楼で、現在の花やしきの場所にあった。

この怪談会の裏方として関わった山本笑月（やまもとしょうげつ）は、『明治世相百話』でその時の様子を記しているのだが、圓朝が持参した女の幽霊の掛け軸、古い釣瓶に薄と野菊を投げ入れ、柳の盆栽、別室に灯心十余筋を入れた灯明皿、と、古式ゆかしく百物語の型を拵（こしら）えたが、なにせ見せ物小屋が立ち並ぶという場所柄故に、「古寺めいた凄みは少しもない」。採菊にしてみれば、その話を収集できればよかったのだろうし、よけいな演出で出費がかさむのは勘弁というところだろう（圓朝がいるとただでさえ金がかかるし）。考え方次第では吉原があって見せ物小屋があってという魑魅魍魎（ちみもうりょう）が集う悪所の浅草だ。そんなところで怪談をやるという、「どっちが怖いのやら」という皮肉めいた感もなくはない気がしてくる。

怪談を語る面々というのが、これまた驕（ふる）っている。三遊亭圓朝、五代目尾上菊五郎、作家の南新二、人気デザイナーに人気俳諧師、なぜか明治の爆笑王・圓遊。そのほか約10名で、曰く、ちょっとやそっとの怪談では驚かない「大通連（だいつう）」だった。圓朝はいわずと知れた「怪談牡丹燈籠」で一世を風靡した怪談師だし、尾上菊五郎は四谷怪談のお岩さんをお家芸としている。そのほか、その当時の「奇人伝」「評判記」に載るようなエリートばかりだ。

そこに同席した三遊亭圓遊。圓朝の弟子で当時押しも押されもせぬ超人気落語家だ。その圓遊が、怪談の席から裏方たちがいる居間に逃げてきた。

「驚いた驚いた、こんな苦しいことはねえ、こっちが凄味をつけてやっていても、肝腎のところでどっと来るのだからやり切れねえ、もう怪談は懲り懲りだ」

圓遊に怪談を語らせるのもどうかと思うが、そんなどえらい怪談通の中でにっちもさっちもいかなかったのだろう。圓遊にしてみれば、聴いている衆の方がよっぽど化け物だった。

小泉八雲もうなる伯圓の怪異

そんなこんなで百物語の会は無事に（？）終わり、いよいよやまと新聞にて連載となる。執筆陣は、これまた人気の噺家に講釈師。一般からも怪談を公募した。こうすれば読者が増える。今も昔も戦略は同じだ。

噺家では、圓朝、燕枝、桂文治の名が見える。講釈師では伯圓、役者で尾上菊五郎、ほか、作家、俳諧師、芸人……等々、奥山閣に参加した面々は噺を提供しているようだが、圓遊の名前はない。「勘弁してくれ」と辞退したのかもしれない。気の毒すぎる。

文章は速記の体裁で書かれており、口語体の語り口調だ。圓朝らがかけた怪談を速記で取ったのか、それとも聞き取って採菊らが口語体で書いたのか定かではない。

燕枝は、噺家が旅の途中であった怪談というよりは奇談をかけており、女が生首を放り投げる描写があるので、年方が描いた口絵の内容であろう。

「私は第三番のくじにございます。噺家に実地の話はまことに申し上げにくいものでございますが、百物語のうわさについて、燈心を消しに行ったとき、化け物に驚かされますと、なけなしの肝をつぶしてはなりませぬから、面白くなくとも真の話を申し上げます」

キチンとした文章で、多分燕枝が自分で書いたのだろうと思わせる。

圓朝は10番目で、内藤新宿のお化けが出ると噂の貸座敷に泊まった弁護士先生の不思議な話を披露。お化けなんているわけないだろうと強がっていた先生が、ちょっと怖い目にあってざまあねえな、という話なのだが、特に怖くもない。こういうところでは、本当にこの圓朝という人はしゃべらない。

席亭の採菊も話を寄せており、1番手である。戯作者らしく自分で書いたのだろう、文語体で4回にわたって連載した。人情本っぽい内容で、最後の方に不貞を誤解され殺されてしまった母親が、幽霊となって息子に乳をやるという描写がある。

伯圓は14席目で、3回にわたり連載となっている。浅草奥山閣にはどうも病気ゆえに参加しなかったようで、その代わりに自身で書いて入稿したようだ。「松林伯圓自演自記」となっている。内容は、「実録」としながらも伯圓自身が「何か昔の草双紙めく」と始めている。その通り、『今昔物語集』や江戸初期の『宿直草（とのいぐさ）』『奇異雑談集（きいぞうだんしゅう）』にある怪談のようで、他の話と一線を画した物語だ。

常陸の田中村という地域の郷士・野口の家に、年の頃30代後半の尼が訪ねてきて一夜の宿を願った。早速家に案内し、食事の後で風呂をすすめるが、尼は風呂を頑（かたく）なに辞退する。どうも訳があるようだと、主人が内儀と一緒に聞いてみると、尼はとある殿の愛妾であったと打ち明ける。しかし、仕えていた殿の奥方が病魔に侵され、いよいよ臨終の時に自分を呼び寄せ、死後は殿の奥となるよう命じる。「私など、殿ももったいない」と固辞するも、殿も

『百物語』（扶桑堂）より松林伯圓「第14席 第3回」挿絵｜国立国会図書館デジタルコレクション

「雪子（尼の昔の名）を信用しての事だから」という。そして雪子に「庭の八重桜が見たいからおぶっておくれ」という。

最後の願いだからと雪子が奥方に背を向けて待つと、奥方は雪子の肩から乳房を摑んだ。そして「願いが叶った」と死んでしまった。奥方の手は雪子の乳房に入り込んでしまい離れず、やむを得ず外科医が奥方の手を切断した。

こうして、雪子の乳房には奥方の手がいまだにめり込み離れない。尼となり回向しても手はめり込んだままで、丑三つ時になるとその指先が乳房に食い込み、痛みが尼を苦しめる。

「死ぬに死なれぬこの身の因果、お話しすることもお恥ずかしい限り」

その後、その尼がどうなったのかは、誰も知らない……。

文語体で書かれているが、講釈でしとしとと読まれると、そこはかとない恐怖がぞわぞわくる。そんな文体だ。

この「百物語」はラフカディオ・ハーン（小泉八雲）に影響を与え、伯圓の話を「因果話」として書いた。いかにも日本の怪談っぽく、日本人の怪異へのまなざしをハーンは感じ取ったのだろう。

「読む百物語」は採菊の狙い通りに、成功したと言える。素人連による投稿を入れたことで、統一されない文体がさらに百物語を不安定にしており、それも演出だったら採菊恐るべしだ。

『百物語』のトリは、理髪店店主のごく短い話である。人に化けた狢をみんなでぶち殺して狢鍋にして食べたという。これもハーンが「むじな」に二次創作した。なぜこの「狢を食べた話」がハーンを惹きつけたのかはわからない。しかし、何の変哲もない、一歩間違えばツッコミだらけの笑い話になりそうな狢の話でも、文学とも語りとも言えない不安定さがかえって不気味さを増していることは確かである。

書き講談・立川文庫から大衆文学へ

高座の代わりの「書き」口演速記

演芸速記としての落語速記は昭和に至るまで残っていくのだが、講談・人情噺速記の方は明治40（1907）年を過ぎるころには「書き講談」にその場を奪われていく。この流れが大衆文学のうち、チャンバラや任侠ものの系譜となるわけだが、この金字塔に「立川文庫」の存在があった。

当時の少年たちは立川文庫に描かれた英雄たちを読んで育った。立川文庫は「読む講談」の代名詞にもなり、書き講談雑誌はみんな立川文庫だと言われるくらいだった。

水戸黄門はこの立川文庫での『諸国漫遊水戸黄門』の姿が現在のイメージだ。年末の風物詩だった忠臣蔵のドラマも、おおむね書き講談で語られてきたドラマが元ネタだろう。

立川文庫の書き講談は、エンタメ第一主義で歴史をドラマチックに語った。その尾ひれはひれが人々を沸かせ、その記憶と作られた伝承は今でも生きていて、後の大河ドラマなどの脚本家と時代考証家を大いに悩ますことになる。

文芸雑誌『文芸倶楽部』に落語と講談が毎号掲載されるようになったのは明治30（1897）年9月。三遊亭圓遊の落語「全快」、桃川如燕の講談「俳諧師関春布」が最初だった。以後、速記ばかりの臨時増刊も刊行している。速記が文芸と肩を並べるようになったのだ（賛否両論あっただろうが）。

講談と落語の人情噺の速記単行本もぞくぞく刊行された。圓朝では『怪談乳房榎（かいだんちぶさえのき）』『鶴殺疾刃庖刀（つるころしねたばのほうちょう）』、邑井一（むらいはじめ）『柳生又十郎（やぎゅうまたじゅうろう）』、松林伯圓『河内山眺六花撰（こうちやまみたてろっかせん）』、上方でも盛んで、翁家（おきなや）さん馬（ば）『芳原奇談雨夜鐘（よしわらきだんあまよのかね）』『大島屋騒動（おおしまやそうどう）』など、数百を超えるという。もう、演芸なのか小説なのか、という状態だった。

三遊亭圓朝は、この頃になると寄席に出ることはなく、新聞連載や単行本などの執筆活動が主となっていた。しかし文体は口演速記であり、明治28（1895）年作の『名人長二（めいじんちょうじ）』では、序に「而して爾来病を得て閑地に静養し、亦自ら話術を演ずること能わず。然れども子が斯道に心を潜むるの深き、静養の間更に名人競の内として木匠長二の伝を作り、自ら筆を採りて平易なる言文一致体に著述し、以て門弟子修業の資と為さんとす」と説明している。

これは享和二年に十歳で指物師（さしものし）清兵衛（せいべえ）の弟子となって、文政の初め廿八歳の頃より名人の名を得ました、長二郎と申す指物師の伝記でございます。凡そ当今美術とか称えまする書画彫刻蒔絵などに上手というは昔から随分沢山ありますが、名人という者はまことに稀なものでございます。

読む方も口演速記を読み慣れているので、圓朝が直に執筆する場合も、やはり言文一致の口演速記風がよかったのだろう。さらにこの頃、やまと新聞を退社した今村次郎が講談師とタイアップして、ゆっくり読んだ講談を文章に体裁を整えながらぶっつけ原稿にするというスタイルを取り始めていた。今村は今や、引く手あまたの速記者で忙し過ぎたのである。

書き講談スタイルはすでに大御所たちの間で始まっていたのだ。

書き講談と新講談で歴史を学ぶ少年たち

あまりの講談速記フィーバーで、いちいち口演を速記していられなくなった出版社は、演者にそのまま書いてもらうか、口演を聴いて作家が文章に起こす、先述した今村式をとるようになっていた。出版社はいわゆる「書き講談」の作家を抱えるようになった。

この書き講談作家の一人である山田阿鉄の発案で、明治44（1911）年、大阪で「立川文庫」は生まれた。

大阪には既に、大阪版『百花園』の『百千鳥』という速記雑誌があり、そこでは上方の講釈師・落語家とともに東京の伯圓や圓朝、桃川如燕、神田伯龍などの速記も掲載していた。人気の講談速記ではなく、立川文庫は「書き講談」に絞って掲載に踏み切ったのだ。速記雑誌が全盛の中、かなり思い切った企画だった。

「立川文庫」は、内容も文体も、家庭内で家族で老若男女問わず読める読み物を目指した。講談速記のように、残酷描写や男女のあれやこれやで読者を惹きつけるのではなく、簡潔で明快で、かつ「品位」も求めた。従来の講談速記と立川文庫の文体を比べてみよう。

エー本日より申上げますお話は、春の夢内津仇讐と題しまして、処は信州筑摩の郡、松本六万石を領されましたお大名は、皆様御承知の松平丹波守様と仰せられ、お名乗りは光則と申されました。其の御藩の足軽で、やっと三石二人扶持、扶持は軽いが、家中で名前は随分と高い方でございます、鳥井兵右衛門と申しまして、幼なきより弓術を嗜まれ、何芸とても学んで置いて悪い事はございませんが、兎角文武は武家に第一の必要でございます（後略）

石川一口口演　丸山平次郎速記「春の夢内津仇讐」より

日本は由来武を以て建つの国である。随って日本刀は武士の魂と仰がれ、之れを運用する剣道は盛んに行われた、ソモソモ剣道の本源(みなもと)は三種の神器なる叢雲の剣を本とし、武甕槌神(たけいかづちのみこと)、軽津主命の十握八握(とつかやつか)の剣に始まり、延いて日本武尊より、源義家に到って大いに発揮して来たのである。其の後戦国乱離の世になって一大発達を遂げ、此処に所謂流派なるものが勃興して来た、(中略)尤も傑出して頭角を現わし、天下に雷鳴を轟かし、其の門下より当時の英俊豪傑を数限りなく輩出したるは、云う迄もなく、上州箕輪の住人、神影流の開祖上泉伊勢守秀綱の右に出づるものはあるまい。

「立川文庫」七十三編「上泉伊勢守」より

立川文庫の方は、ほぼ小説としての読み物となっているのがわかるだろう。

大阪では三代目玉田玉秀斎(たまだぎょくしゅうさい)の講談速記が大人気で、多くの出版社から速記が出ていたのだが、口演速記の暇がなくなり、自ら書き講談の筆を執るようになる。しかしそれも間に合わなくなり、近親者がゴーストを始める。これがなかなか好評で、特に阿鉄の筆記によるものは、ずっと読みやすく面白くなったらしい。

こうして立川文庫は書き講談本として創刊となる。第1編は「一休禅師」。世の中に存在していた一休出生の謎を盛り込んだ。しかし、一休の「美人ノ淫水ヲ吸フ」という面は描かれず、頓智頓才やその頓智から繰り出される狂歌がメインとなる。このイメージが、アニメの「一休さん」に繋がっているのだろう。

第2編は「水戸黄門」。助さん格さんを伴って全国を回り悪を成敗する話で、デタラメである。しかし、勧善懲悪のお約束が少年たちや庶民を夢中にさせた。

第3編は「大久保彦左衛門」。こちらは、主人公よりは町人の魚屋・一心太助の話が有名だ。彦左衛門のところに駆け込んでは、大名や役人の悪行を暴く。あり得ない話だし、一心太助は実在しないし、要するに全くのフィクションなのだが、町人たちは一心太助の台詞を借りて政治批判をしていたのだ。

このほか、真田幸村、猿飛佐助、霧隠才蔵、左甚五郎、本多忠勝、豊臣秀吉、佐倉惣五郎……等々、歴史上の人気人物は大抵網羅し、実在しないヒーローもたくさん生まれた。忍者ブームも起こった。

立川文庫に倣い、武士道文庫、史談文庫、英雄文庫、忍術文庫、冒険文庫、探偵文庫などのカテゴリ別の書き講談本が生まれ、少年や庶民たちはこぞってこれを読み、講談に書かれた説が史実として定着してしまうことも多かった。そして、そのまま時代小説や時代劇となってお茶の間に登場する。

大河ドラマは毎年「史実と違う」論争が起こるが、史実ガン無視のエンタメなぞ百年以上の歴史があるのだから、日本人のお家芸と思って楽しんでおいた方が良かろう。

講談社の新講談

大正6(1917)年、いわゆる「講談師問題」事件が勃発する。中心となったのは、今や講談速記界重鎮の今村次郎と東京の講釈師たち。相手は「大日本雄弁会講談社」。この事件は、書き講談を大衆文学へと大きく舵を切らせた。

明治44(1911)年、講談社の創業者の野間清治は弁論雑誌『雄弁』に加え、講談速記雑誌の『講談倶楽部』を創刊した。創刊当時は講談師による口演速記を掲載しており、その提供者が今村だ。

この頃の演芸速記界隈は今村が牛耳っており、今村の許可がなければ速記を掲載することができなかった。今村の息がかかった速記しか掲載できず、今村がその速記を各出版社に提供するというシステムであった。

『講談倶楽部』もそのシステムに則っており、野間は今村から掲載用の速記原稿を受け取っていた。そのシステムについてすったもんだがあったにせよ、どうにか落ち着いてきた大正2(1913)年、野間は『講談倶楽部』の増刊号として『浪花節十八番』を刊行した。

明治末期、桃中軒雲右衛門(とうちゅうけんくもえもん)の人気を契機に浪曲(浪花節)が大流行し、これにあやかったものだ。浪曲は節をつけた語り芸で、説教師による節談説教が起源とも言われる。そんなこともあるだろうが、講談・落語界では浪曲は「祭文語り」などと呼んで軽視する風潮があり、『百花園』も「なぜ浪曲を載せないのか」という読者からの質問に「うちの庭には浪曲の花を植えるスペースはない」とにべもなかった。

講談と浪曲を同じ雑誌に載せるのか。講談師たちは反発、今村も出てきて、猛抗議した。

「講談師は浪花節家を非常に嫌っている。中には同席さえ厭うものがある。だから、講談倶楽部に浪花節を掲載する事を是非止めて貰いたい。然らざれば講談師は同誌のために口演することを拒絶するといっている」

何もそこまでと思うのだが、講談速記はそろそろ斜陽であり、今村が自ら書き講談化しているところに今をときめく浪花節が入ってきてしまい、今村も講談師たちも焦った、というのが実のところではなかったのか。既に、伯圓も圓朝も鬼籍に入り随分経つ。速記雑誌が華々しく誕生したことなど、昔ばなしだ。

今村と講談師たちにいわば脅された形となった講談社の野間だが、「だったら書けばよいじゃないか」と思い至った。立川文庫の東京版だ。

蘊蓄ある歴史家や、文芸家で、講談師の語り得る種類の物語を、それ以上に面白く書き得る人は沢山ある筈である。この人達によつて、在来のものよりもっと面白い、そして品のいい、新鮮味のある新講談、新落語が出来たならば、これは必ず天下の歓迎を受けるに違いない、行く行くは、これが意義ある――新たな文学となるに違いない（後略）

野間清治『私の半生』より

野間の目論見は見事に当たった。作家たちが書いた新講談は、これまでの講談速記では物足りなくなっていた読者の好評を得た。さらに読者の講談社への同情も加わり、『講談倶楽部』はどんどんと売り上げを伸ばした。

この時の執筆陣の多くが都新聞の編集室のメンバーであり、その中に『大菩薩峠』の中里介山、「股旅物」の長谷川伸がいた。彼らは大衆文芸作家として新時代を築く。都新聞は仮名垣魯文が初代主筆であり、芝居や寄席演芸、花柳界関係に強い新聞で、黒岩涙香が探偵小説を連載した人気の新聞だ。

そして、野間が予言した通り、彼らの筆を得た新講談は、「大衆文芸」「読み物文芸」へと発展するのであった。

人々が求める創造という娯楽

大正12（1923）年9月1日、関東地方を未曾有の激震が襲った。関東大震災は10万人以上の命を奪い、東京は壊滅状態となった。日本の経済も大打撃を受け、命を繋ぐことが最優先された。

この時、災害を目の前にした菊池寛（きくちかん）は、文学について述べている。

「我々文芸家に取って、第一の打撃は、生死存亡の境に於いて、骨董書画などと同じように、無用の贅沢品であることを、マザマザと知ったことである」。

「芸術の無力」。これはコロナ禍でも世界中が思い知った現実だ。戦時中も閉めなかった寄席の木戸が閉まり、音楽のイベントは「自粛」となった。生きるか死ぬかの中、文化芸術は何の腹の足しになるものか。そう言われればなす術はない。

「今度の震災に依って、文芸が衰えることは、間違いないだろう。（中略）文芸に対する需要が激減するだろう」。そう考えを述べる一方で菊池は予見する。

「きっと、娯楽本位の通俗的な文芸が流行するだろう。読者は、深刻な現実を逃れんとして、娯楽本位的な文芸に走るだろうと思う」

令和のコロナ感染症流行が新しい生活様式を作ったように、この震災も様々なところで革命を起こした。文芸もそのひとつであった。菊池が予言したように、文芸は人々の需要を糧に新しく生まれる。

新聞は早々に復刊し、夕刊に演芸速記を掲載。これが「時代小説」の夕刊掲載への流れとなった。菊池は自ら大衆に向けた小説を執筆し、『文芸春秋』を創刊。同時に、芥川龍之介と共に春陽堂の『新小説』の編集顧問となった。

菊池は『講談倶楽部』で新講談を執筆していた長谷川伸に原稿を依頼。以後、長谷川は作家に転向し『夜もすがら検校』『地獄絵巻』『舶来巾着切』など新作を発表した。『夜もすがら検校』は長谷川の出世作となり、講談としても読まれた。五代目宝井馬琴が得意としており、今でも定番の読み物だ。

大正14（1925）年には大衆小説の先駆けとなった中里介山『大菩薩峠』が、都新聞から大阪毎日新聞・東京日日新聞というひのき舞台へと連載が移された。

これまで「新講談」と呼ばれていたこれらの作品に、菊池は「読物文芸」と名付ける。震災から復興しようとした人々にとって講談速記の文体は既に古く、新しい読み物を欲していた。それは、戯作からリアルを求めた明治維新とは逆で、創造の世界に娯楽を求めたのである。

講談社は大正14年、「おもしろくてためになる」のキャッチフレーズの下、万人向きの百万部雑誌『キング』を創刊。小説、講談、実用知識、説話、笑い話などを掲載したエンタメ雑誌であり、吉川英治の『剣難女難』が人気を集めた。このほかにも大佛次郎、直木三十五など多くの大衆小説作家を生んだ。

昭和の太平洋戦争の最中でも、史実や講談を題材とした大衆小説は求められ、吉川英治は「宮本武蔵」の連載をスタート。後に全集となった『宮本武蔵』を書店で立ち読みした司馬遼太郎は、後に歴史小説の大家となり、現在においても司馬史観はしばしば論争となる。

『宮本武蔵』は大衆文学のうち「時代小説」のジャンルを確立し、五味康祐『柳生武芸帳』、柴田錬三郎『眠狂四郎無頼控』、山田風太郎『魔界転生』などが追随。池波正太郎は娯楽性の高い『鬼平犯科帳』『剣客商売』『仕掛人・藤枝梅安』で時代劇として映像化され、藤沢周平は時代小説に人情を描き、『蟬しぐれ』『たそがれ清兵衛』などの名作を書いた。

昭和37（1962）年には、柴田錬三郎が「柴錬立川文庫」シリーズを発表。書き講談の立川文庫を模したものだ。講談ネタのヒーローたちは柴田の手により人間味が加わり、より洗練された書き講談として復活した。

講談・人情噺の口演速記から大衆文学へと変革を遂げても、速記本自体は消えたわけではなく、昭和に至るまで口演速記は雑誌に掲載され、戦後は落語速記が全集として刊行されている。もっとも、これは高座の再現という目的に変わっており、「読み物」ではなくなっていた。大衆の読み物として生まれた口演速記は、近代化の完成と共に別々の道を歩むこととなったのだ。

探偵小説誕生前夜

謎解きとミステリー

　講談速記から大衆小説への流れを考察したが、大衆小説からは時代小説だけではなく、探偵小説や冒険小説なども生まれた。特に探偵（推理）小説は今でも人気のジャンルだ。「探偵」とは、今はその職業を指すことが多い。小説やドラマの探偵というと、明智小五郎（あけちこごろう）とかシャーロック・ホームズとか金田一耕助などで、事件に巻き込まれたり、なぜか依頼を受けて警察と共に捜査したり、事件が解決すると「初歩的なことだよ」などと言ったりする、あり得ない設定のキャラクターというイメージが強い。

　もともと「探偵」という言葉は、「捜査」とか「調査」の意味を持ち、江戸時代なら同心や岡っ引きが「探偵方」と呼ばれていたらしい。明治に入ると、巡査や刑事が「探偵」と呼ばれた。仮名垣魯文が創作した落語では、泥棒を捕まえたのはうどん屋に扮した刑事となっており、演目名には「探偵うどん」とついている。

事件を調査して解決する「探偵もの」は、江戸時代からあり、「大岡政談」などの裁判ものをはじめとして、復讐、怪談、御家騒動など、悪だくみをしていた人物が見つかったり事件の真相が明らかになる過程を描いたりなど、探偵の要素が含まれている。広義の探偵ものと言えるだろう。

明治に入ると、これらの戯作の代わりに「報道」という名目で戯作調のつづきものが新聞に連載された。「鳥追阿松」や「高橋お伝」などの毒婦ものは松本清張っぽさがあり、やはりミステリーに属する。「探偵もの」としてはカテゴライズされていなかったとしても、探偵ものは人気の読み物だった。

明らかな探偵趣味の読み物は、海外の翻訳ものから始まった。明治維新後、近代化を目指すために海外の小説が推奨され、その翻訳が新聞に連載されたのだ。

世界初の推理小説と言われる、エドガー・アラン・ポー『モルグ街の殺人（原題：ルーモルグの人殺し）』や『黒猫』は、小説家・饗庭篁村による翻訳で読売新聞で紹介された。

また、三遊亭圓朝は政論家で作家の福地桜痴から聞いた海外のミステリー小説を翻案して、舞台を日本に置き換えて『黄薔薇』『松の操美人の生埋』『西洋人情話英国孝子ジョージスミス之伝』を発表。人情噺の速記でも、早いうちから探偵ものが読まれていたのである。

『黄薔薇』は、「西洋ジュリアの伝」として明治12（1879）年頃に口演され、同20

（1887）年1月に東京絵入新聞に掲載された。「有名（しか）るべき官員さんが圓朝に口うつしに教へてくださいました」とあり、フランス小説の悪女ものミステリーだ。

『松の操美人の生埋』は、明治19（1886）年に採菊のやまと新聞創刊号から連載され、翌年には速記の単行本として発刊している。こちらもフランスの小説を日本に置き換えたもので、任侠ものに当時流行した猟奇的な描写が加わり、更にロマンスとミステリーが仕込まれている。タイトル通りに、武士の娘・蘭が生き埋めにされている。

『西洋人情話英国孝子ジョージスミス之伝』は、若林玵蔵と伊藤新太郎の速記で『塩原多助一代記』の後で発行された。「英国」と言っているので、イギリスの物語が元ネタと思われる。ジョージ・スミスは清水重二郎という名前になっており、父親を殺した犯人に証拠を突き付け追い詰め、大団円となる。

「怪談牡丹燈籠」も途中から伴蔵の完全犯罪譚になっており、全体で見るとお露と新三郎の悲恋はオマケみたいなものだ。こうしてみると、速記になった明治17（1884）年頃には単なる幽霊の話よりもこうした探偵ものが目新しく、読者や聴衆にウケたのだろうとも思われる。

実際、近代化と探偵・推理ものは相性が良かった。幽霊や妖怪は科学的根拠がなく荒唐無稽だが、探偵ものであればミステリーは理論で説明できたからだ。罪に走る行動は動機に裏付けされ、完全犯罪を成立させるためのトリックは、探偵たちの推理によって証明される。その推理に聴衆や読者が参加できるというのも、新鮮だったのだろう。

　そんな新しいジャンルが目覚めつつある中で颯爽と現れたのが、日本初のオリジナル探偵小説を書いた黒岩涙香だった。

小説家だと思っていなかった黒岩涙香

　土佐藩郷士の息子として生まれた黒岩涙香は、16歳で大阪に出て英語を学ぶ。上京して進学するも自由民権運動に関わり新聞に投書をはじめ、海外の探偵小説や政治小説を読破し、政治演説にも参加。政治家を目指したが結局卒業はせず、新聞記者として「同盟改進新聞」や「日本たいむす」で記事を書き、明治19年、「東京絵入自由新聞」に入社。涙香は全て英語で行われた裁判を傍聴し、これを日本語に訳して『英国汽船ノルマントン号審判傍聴筆記』として発表し、その名を知られるようになった。

　自由民権運動が盛んだったこの頃、新聞の発行停止処分が相次いでおり、涙香自身も「明日は我が身」であった。涙香は「日本たいむす」時代に自分の記事が原因で結果的に廃刊に追い込まれていたのだった。

「日本の審判や探偵の方法がこんな原始的ではならぬ。警鐘の意味を込めて、公平な裁判と綿密な捜査を描く海外の探偵小説を紹介しよう」

本音はというと、立場を守るために必死な新政府への皮肉や廃刊に追い込んだことへの復讐を意味していただろうが、それを発言することはできない。「外国の探偵小説を読んで未熟さを自覚しろ」というわけだ。

新聞に小説を掲載するとなると挿絵がいる。この頃、作家は自分で挿絵のラフが描けなければならなかった（なんと）。

「絵が描けないので、案を出すから書いてくれないか」

「よいだろう」

友人で「今日新聞」の読物記者（つづきものを書く記者）の彩霞園柳香に、双生児の兄弟が善人と悪人になって活躍する海外の話を口伝えして書いてもらった。これを『二葉草』というタイトルで発表した。

ところが当時の読物記者は戯作者上がりが多く、どうしても旧来の文体が出てしまい、また話の内容も相まって平易さに欠けた。圓朝のミステリー風味の人情噺速記を読んでいた大衆にとってみれば、小難しいうえに探偵ものっぽさがない。読者からの不評を買い、連載は打ち切りとなってしまった。

「もっとこう、読み物として面白くならんのか」

「だったらお前が書け」

そう言われて涙香が筆を執り書いたのが「法廷の美人」である。挿絵ラフが描けなかったので、挿絵無しで「今日新聞」に発表された。

原話はイギリスの作家、ヒュー・コンウェイの『暗い日々』（原題：Dark Days）。初めての本格翻訳探偵小説だ。とはいえ、圓朝の速記と同様に、登場人物は日本人名に置き換えられている。しかし、それがかえって大衆には読みやすく共感しやすかったのだろう。非常に好評を博し、発表して半年もたたぬうちに講釈師の松林伯知から請われ、寄席で演じられた。

この後も涙香が発表した『有罪無罪』『梅花郎』『劇場の犯罪』が伯知によって高座で読まれ、このほかにも涙香は膨大な海外の探偵小説を翻案した小説を発表。明治22（1889）年、破格の条件で主筆として「都新聞」に移籍する。新聞は新聞小説で売り上げが変わる時代で、都新聞もその例にもれず、涙香の小説で売り上げを爆上げした。

人気作家となる涙香だが、自身のことは翻訳者とも小説家とも考えていなかったという。自分が書いているものが「文学」とも思っていなかった。

「文学のためではなく新聞のために書いているのであって、西洋に面白い探偵ものがあるからそれを訳して紹介しているに過ぎない。小説に非ずつづきものなり、文学に非ず報道なり」

したがって、坪内逍遙の『小説神髄』で述べる勧善懲悪の排除には、涙香は反対の考えを持っていた。探偵小説では、悪は罪を問われなければならない。それは社会における正義の執行であり、公正な審判の結果である。勧善懲悪がリアルじゃないなどと、そんなことがあってたまるか。

もともと勧善懲悪ものに慣れ親しんできた大衆にとって、そんな涙香の物語は痛快で、大いに人気を博した。この人気は、話の面白さもあるが、「読者に面白く読ませる」ことを優先した涙香の工夫も功を奏したのである。

先述の通り、新聞小説でその新聞の売上部数は変動する。読まれる内容でなければ新聞の売り上げは下がってしまうのだ。

当然、涙香は他紙に連載された人気小説を読んでいるだろうし、圓朝の口演速記を読んで研究しているはずだ。その翻案方法や文体に影響を受けていると思われる様子が見える。

台詞は「さア是から二人で警察本署へ行き、捕われて居る藻西太郎に逢て見よう」と口語体であり、人物名は外国の名前そのままではなく、妙な日本人名を当てている。文学的な小難しい表現を用いず、会話文も多い。また、連載の最後は次回への期待を高め、その次回は前回のまとめから入った。連日の高座で噺家や講釈師がやっていた手法と同じだ。

ノンフィクション探偵小説『無惨』

明治22（1889）年7月5日の早朝、京橋区築地三丁目の海軍施設付近の川中に、男の変死体が発見される事件が起こった。男の身体には二十数カ所の刺し傷があり、頭部には強く殴打された痕が2カ所あり、脳が周囲に散乱していたという「無惨」な死体であった。所持品はなく、犯人が証拠隠滅のために持ち去ったと考えられ、目下厳重に取り調べ中と新聞は報じた。黒岩涙香のジャーナリスト魂がうずく。直ちに筆を執り、書き上げたのが『無惨』だ。この小説は「日本探偵小説の嚆矢（こうし）」となった。

『無惨』は実際の事件を題材としているが、内容は涙香の創作だ。所轄の刑事である谷間田と大鞆の二人がバディを組み事件捜査に挑む。実際の事件は迷宮入りしており犯人はわからず、したがって推理もトリックも涙香のオリジナルだ。

先に探偵小説『殺人犯』を書いていた須藤南翠（すどうなんすい）は「巧みなること余等の能く企て及ぶべき所に非ず」としている。

涙香が書いた『無惨』は、事件を題材として書かれたこれまでのつづきものとも、圓朝の翻案ミステリーものとも違う、探偵が謎解きをしてトリックを見破るという、新たな探偵小説であった。すでに明治20（1887）年、コナン・ドイルが『緋色の研究』でデビューし、名探偵シャーロック・ホームズが誕生しており、探偵小説ブームが始まっていた。

涙香が探偵小説を発表した期間は5年ほどだが、涙香以前・涙香以後と言われるように探偵小説の型は大きく変わった。また、大衆に向けたエンタメとして怪談・敵討ち・男女の恋愛以外に、探偵ものがハッキリとジャンルに加わったことで、小説はもちろん、演芸にもミステリー色を意識した作品が登場した。

三遊亭圓朝は『名人長二』をただの名人伝ではなく、推理小説風に仕立てた。談洲楼燕枝はフランスの小説を翻案した『仏国三人男』を発表。探偵が登場して証拠を集めるなどミステリーの趣向が入った。

英国人の落語家・快楽亭ブラックは、西洋の小説を翻案した短編小説や、それをもとにした噺を創作した。『英国竜動劇場土産』『薔薇娘』『車中の毒針』『切なる罪』など数多くの探偵噺があり、今村次郎らによる速記も残る。『幻燈』は『血汐の手形』から改題され、明治25（1892）年に今村次郎による速記で発表された。日本初の指紋が証拠となった話で、なぜタイトルを変えたのかはわからないが、タイトルがネタバレになったのかもしれない。

これら涙香の小説、快楽亭ブラックの速記を少年時代に読み、大いに惹きつけられた少年がいた。少年はやがて、涙香の『幽霊塔』や『白髪鬼』を翻案して同名小説を書き、さらには明智小五郎という日本で一番有名な私立探偵を生み出す。

その彼の名こそ、探偵小説の父・江戸川乱歩だ。

涙香以降の名探偵たち

お化けが書けない

明治も終わりに近づくと、黒岩涙香の作品は徐々に探偵ものから怪奇ものに移行し、演芸速記を牽引してきた芸人の大御所たちは鬼籍に入った。講談速記は書き講談や新講談へと変わり、雑誌や新聞に掲載されるのは速記を含めた大衆文学となり、そのジャンルは多彩になってきた。

そんな変化の中、大衆が望む怪談の描き方に悩み始めていたのが岡本綺堂である。『怪談牡丹燈籠』を読み、実際に圓朝の「怪談牡丹燈籠」の高座を聴き、感じさせる怖さと凄みを体感していた綺堂は、その体験を舞台で表現するべく戯曲を執筆してきた。しかし、江戸の怪談を近代風に戯曲化しようとすると、どうにもうまくいかない。「牡丹燈籠」も「玉藻前」も観た人の解釈に委ねる形となり、「番町皿屋敷」の戯曲に至っては、幽霊がひとつも登場しない爆裂青春譚となった。小説の方は最後にお菊の幽霊が登場するが、救いを求める主人公が見た幻のような描写となっており、怖がらせるための幽霊ではなくなっていた。

私も何か新しい怪談劇を書いてみたいと心がけているが、どうも巧く行かない。（中略）

在来の怪談劇の狙い所は、事件そのものの怪奇と云うことよりも、早替りとか仕掛物とかいう一種のケレンにあったらしい。俳優もそれを得意とし、観客も亦それを喜んだらしいが、そう云うケレンが最早喜ばれないとすると、今後の怪談劇はよほどむずかしい事になる。（中略）

演劇にかぎらず、在来の小説などに描かれている幽霊も、大抵はその姿をありありと現わしているようであるが、小説は格別、今後の舞台の上に幽霊の姿をあらわす事はむずかしい。それが怪談劇であれば、猶更その姿を明らさまに見せることを避けて、一種の鬼気とか妖気とか云うものだけを感じさせた方が、観客の恐怖心を誘い出す上に於いて有効であるらしい。

岡本綺堂『綺堂劇談』「甲字楼夜話」より

怪異のニーズはある。幽霊を見たいという声もある。しかし、幽霊を描くのは難しい。江戸から東京へと時代は下り、神経病とされながらも怪談を欲し、しかし幽霊そのものを目の前に差し出すには、どうやってもわざとらしく滑稽になってしまう。

幽霊の姿を見せなくても怖気立つ高座を実現した圓朝の話芸。速記の行間に潜む妖気。これらを求めるに、時代は進み過ぎた。既に明治は終わり大正を迎えていた。

半七が語るミステリー

大正6(1917)年、岡本綺堂は『文芸倶楽部』で『半七捕物帳(はんしちとりものちょう)』の連載を開始した。『シャーロック・ホームズ』を読んだ綺堂は、探偵小説への興味が起こり、これを小説にしたのだ。奇怪な事件を推理で謎解きしていく。新しい怪異の書き方であった。

綺堂が事件の舞台を当世にしなかったのは、これまでの海外の翻案もののように模倣になってしまうという理由だったという。しかし「現代を舞台にした怪異は書けない」とも感じていたのではないか。

『半七捕物帳』は、現代の新聞記者である「わたし」が、かつて江戸の岡っ引きとして活躍した半七に難事件・珍事件を聞き出すという形式になっている。数々の事件には妖怪や幽霊などの江戸を騒がせていた都市伝説が並ぶ。それらは既に、東京には存在しない。綺堂の中で怪異ミステリーとは、幽霊や妖怪が居た江戸時代を舞台とすることで初めて成り立つものだったのだろう。

この『半七捕物帳』は大人気となり、探偵ものと時代小説を組み合わせた「捕物帳」ジャンルの嚆矢となった。あまりの人気に「もう書くことがない」と言っているのになかなか最終回にさせてもらえず、講談社の野間社長からは「半七のファンだから」という理由で依頼があり、『講談倶楽部』で連載を再開した。

綺堂の小説は落語にもなった。林家彦六（八代目林家正蔵）「利根の渡」、三遊亭圓生「権十郎の芝居」だ。

「利根の渡」は『青蛙堂鬼談』シリーズのひとつで、幽霊は出てこないが怪異っぽい話。彦六の波動のある声だけでなんか怖い。「権十郎の芝居」は、半七の知り合いである三浦老人の話『三浦老人昔話』を脚色したもの。どちらも高座の音が残っている。速記は「利根の渡」が『林家正蔵集1巻』（青蛙房）にあるが、「権十郎の芝居」は見当たらなかった。

怪奇と探偵

岡本綺堂の後に続く捕物帳と言えば、野村胡堂の『銭形平次捕物控』シリーズだろう。

岡っ引きの平次が銭を投げて犯人を捕まえるという設定が人気となり、テレビシリーズにもなった。

「銭形平次」は26年にわたり書かれ、長編・短編あわせて383編にもなる。これだけ長く書いているといろいろと変化もあったようで、胡堂は江戸川乱歩との対談で、

「むかしは大衆小説風に書いたね。チャンバラ式にだ。それからだんだんコナン・ドイル風になってきた」

と述べている。

『文藝春秋オール讀物号』に「銭形平次」が初登場したのは昭和6（1931）年。中里介山『大菩薩峠』のニヒルな主人公・机竜之助（つくえりゅうのすけ）の流れをくむ、大佛次郎『鞍馬天狗（くらまてんぐ）』や林不忘（はやしふぼう）『丹下左膳（たんげさぜん）』など「チャンバラ小説」のヒーローたちが大衆小説界隈を賑わしていた。

「銭形平次」は、綺堂の「半七」のように江戸を回顧するわけではなく、現役の探偵として設定された。時代を江戸にして、「呪い」「幽霊」「復讐」など古（いにしえ）の人情噺や講談のテーマを扱いつつ、平次らは近代的な推理で事件の謎を解く。チャンバラ小説のヒーローと、往年の講談速記に描かれたストーリーが掛け合わされた、新しい「捕物帳」だった。

　そのうちにお小夜の背がバラリと解けました。錦の厚板（あついた）の一と抱（かかえ）ほどあるのが、笹野新三郎の手に残ると、お小夜は脱兎（だっと）の如く身を抜けて、

「父上、地雷火は私がっ」

「お、娘頼むぞッ、あの犠牲（いけにえ）も逃がすなッ」

親娘は最後の言葉を交すと、総縫い松竹梅の小袖は、大鳥のやうにサッと奥へ飛込みます。

　犠牲と聞いて平次は驚きました。捨鉢になった宗寿軒父娘が、地雷火で高田御殿を吹き飛ばすとなると、あの可哀想なお静の命はひとたまりもありません。金箔を置いて一度は祭壇に載せた処女（おとめ）の身体は、いずれあの広間の何処（どこ）かに隠してあるに相違ないでしょう。


野村胡堂『銭形平次捕物控』「金色の処女」より

シリーズ第一回の『金色の処女（おとめ）』は、講談調の文体で書かれている。この頃、講談速記の多くは新講談や大衆小説へと置き換わっていたが、それでも速記風の読み物は人気であった。胡堂はもともと報知新聞の記者だ。胡堂が在籍していた頃の看板小説は松林伯知の講談速記で、明治38（1905）年に連載が開始された『徳川栄華物語』から大正4（1915）年に完結した『元禄伊達模様（げんろくだてもよう）』まで、10年間連載が続いた。胡堂は伯知の『水戸黄門記』から派生した企画「晴山茂吉善根旅行（せいざんもきちぜんこんりょこう）」で自ら筆を執り、新しい新聞小説への挑戦を始めた。

講談調に慣れた読者を想定した文体と虚実入り乱れたテーマ、そこに今どきの謎解き要素を加えたエンタメ性は、胡堂による明治期の講談速記からの脱皮に向けた試みのように見える。

しかし胡堂は、報知新聞の記者時代から黒岩涙香のファンであり研究者だった。

「涙香こそは大衆小説中興の祖であり、尽きざる興味の源泉である、半世紀の歳月を閲して、少しの古さも感じさせない」（『巌窟王　上巻』あとがき、愛翠書房）。

怪異趣味な事件の裏にある圧倒的悪人と明確で理不尽な動機、そして謎解きをするのは、たまに情にほだされどこか人間くさい探偵たち。高尚な文学が尊ばれる一方で大衆は、江戸の頃から人情噺や講談で語られ、速記で読まれた勧善懲悪と怪異・怪奇が大好きなのだ。

涙香の小説はこれら全てを狙って網羅していた。胡堂が涙香の『巌窟王』のあとがきに「涙香に還れ」と語った真の意味は、涙香文学の単なる復活ではなく、新たな涙香の模索でもあった。

そんな胡堂が出会った人物が、江戸川乱歩である。先に述べたように乱歩は涙香マニアであり、同じく涙香の影響を受け「金田一耕助」シリーズを書いた横溝正史に言わせると「ことに乱歩の心酔ぶりはひどく」であり、涙香好きのレベルが違っていたらしい。

講談師・神田伯龍と明智小五郎

胡堂が乱歩と出会ったのは、胡堂がまだ報知新聞の記者時代であった。売り出し中の乱歩に胡堂は、報知新聞の応接間で、

「面白い探偵小説を書こうとするなら黒岩涙香を研究すべきではあるまいか、今の人は涙香を忘れかけて居るが、この人の話術は古今独歩で、筋を面白く運ぶこと、人物を浮出させること、複雑な事件を書きこなして行く技倆に至っては、全く比類もないものである」

『黒岩涙香傑作選　巌窟王モンテ・クリスト伯　上巻』野村胡堂あとがき「涙香に還れ」より

と説いた。

涙香研究と涙香の著書収集をしていた乱歩は、胡堂と意気投合。胡堂は乱歩に『新青年』の倍額の稿料で『写真報知』での執筆を依頼。乱歩は「算盤（そろばん）が恋を語る話」と「日記帳」を書き、以後、『写真報知』が廃刊になるまで執筆は続いた。廃刊により連載が中断した「空気男」に関して乱歩は、ぶっつけで詳細なプロットを組まずに連載を始めたので、廃刊になってホッとしたと言っている。乱歩は長編が苦手であった。

「探偵小説を書いているというと赤本（俗悪でいかがわしい本）作家のように見られた」時代に乱歩が職業探偵小説家を目指したのは、『新青年』に掲載された文壇諸家の探偵小説論だったという。中でも、佐藤春夫（さとうはるお）の『探偵小説小論』の一節が、乱歩の探偵小説観に刻み込まれた。

> 要するに探偵小説なるものは、やはり豊富なロマンチシズムという樹の一枝で、猟奇耽異（キューリオスティハンティング）の果実で、多面な詩の宝石の一断面の怪しい光芒で、それは人間に共通な悪に対する妙な讃美、怖いもの見たさの奇異な心理の上に根ざして、一面また明快を愛するという健全な精神にも相い結びついて成り立っていると言えば大過はないだろう。

日本の名探偵・明智小五郎が乱歩の手から生まれたのは、大正14（1925）年『新青年』に掲載された『D坂の殺人事件』だ。D坂とは東京都文京区の千駄木にある団子坂のことである。この坂で、乱歩は古書店を営んでいたことがあり、これを舞台とした。小説の中の古書店には美人の細君がいるが、乱歩の古書店には美人の細君などいなかったらしい。

この明智小五郎のモデルが、講談師の神田伯龍（かんだはくりゅう）であることは有名だ。

大阪で神田伯龍の講談を聴いた乱歩は「ひどく感心」した。顔も姿も気に入った。好もしい意味の畸形な感じを多分に持っていた（褒めているのか?）。そこで、伯龍を素人探偵のモデルにしようと思い立ったという。

伯龍と乱歩は面識がなかった。ところが、乱歩の小説『一寸法師』を講談にして読んだ神田伯知が、高座で「この小説の作者江戸川先生には同業の伯龍などもご懇意を願っております」と言った。これを聞いた乱歩は「自分が明智小五郎のモデルに使われていると知っていただろうし、恐らく少し迷惑に感じていたことであろう」と後に記している。

明智小五郎は先の『一寸法師』以降、明智小五郎シリーズの長編に登場し、悪党頭の娘と懇意になり（後の妻・文代）、たまに毒婦にほだされ、小林少年という助手を雇い、ついにライバル・怪人二十面相と戦う少年たちのヒーローにまでなった。

乱歩はそんな明智小五郎を「ひどく安っぽくなってしまったものである。伯龍君に申訳ないような気がする」と振り返っている。

小説から講談・落語へ

しかし、そんなヒーロー像だったからこそ明智小五郎は大衆に愛され、彼らはその活躍を待ち望んだ。松林伯知が「一寸法師」を探偵講談として読んだのも、大衆が好む設定でありキャラクターだったからであり、なんといっても講談と相性が良かったのではないだろうか。

江戸時代の近松門左衛門と鶴屋南北、明治の三遊亭圓朝、松林伯圓、黒岩涙香。彼らが描いた悪とヒーローは、江戸から東京となっても語り継がれ、文字となって読まれてきた。見せ方や書き方が更新されつつも、大衆の心を震わせる根底は変わらない。現在では、小説は映像化されるかマンガになるかのどちらかだが、もっと話芸になっても良い。そして、高座を文字にして残してほしい。それをまた読みたいからだ。

ところで、怪異小説は落語にも講談にもなるが、探偵小説は落語ではなく講談でしか読まれない。なぜか。それは、落語の主人公はヒーローではなく、犯人側だからだ。

しかも、落語に登場する犯人は完全犯罪を成し遂げ、逃げおおせてしまう。または、完全犯罪がマヌケなことで失敗して犯人は頓死し、笑いでサゲる。これが落語の形だ。人の業と救いのない因果を描くのが落語なので怪談とは相性が良い。そして、これを速記にすると、『怪談牡丹燈籠』のような救いのない本ができあがってしまう。

多分、落語＝お笑いとなっている今の時代には、そんな薄暗い噺はウケないのかもしれない。速記にしたところで需要がないのかもしれない。

もしそんな噺を創作し、かけている方がいるなら、ぜひとも演芸速記として残してほしい。文字は、未来に残る。

5章

演芸速記を読んでみると

絶滅危惧種の速記本

令和の現在、純粋な演芸速記本はほぼ出版されていないと言ってよいだろう。新作落語の脚本、マクラを文字起こししたものはあるが、古典落語の噺家別の速記本はほぼ出ていない。落語のあらすじを書いた本はあるが、演芸速記ではない。加筆も修正もしているうえに、誰の形（かた）というのもない。強いて言えば、編集した作家の形だ。落語の演目を楽しむにはよいが、高座の脳内再生ができない。純粋な（?）演芸速記は、その噺家で脳内再生できるのだ（力説）。

過去イチでリアルな脳内再生ができたのは立川談志（たてかわだんし）の速記だった。マクラの本でもリアル再生が余裕だった。聴いたことないのに。演芸速記というのはそういうものだ。ならばお前は圓朝や三代目小さんの声を聴いたことがあるのかと言えば、ないんですけど。

というわけで、ここまで演芸速記について好き勝手なことを熱量のままにおしゃべりしてきたが、それならどこで速記を読むのか、と問われると、出版されていないこの時代、図書館か古書店で探すしかないのが現状だ。明治・大正のものとなればなおさらだ。

現在でも読める演芸速記を、次にまとめた。

明治の演芸速記・圓朝全集

明治の演芸速記の中で断トツに多く、現代仮名遣いで各出版社から刊行されているのが、明治の速記本第1号の『怪談牡丹燈籠』や三遊亭圓朝（さんゆうていえんちょう）の人情噺だ。その多くは青空文庫でも読める。

『圓朝全集』は、古い順に春陽堂、角川書店、岩波書店が出しており、それぞれの特色があるが、現在進行形で入手できるのは岩波書店版だ。

岩波書店版の圓朝全集は、速記発表順に並んでいるので、時系列がわかりやすい。前全集に収録していない噺も収録しており、挿絵、弟子の口演、書簡、語注と解説が付く。ほぼ研究者向けの全集とも言える。

角川書店版はテーマごとにまとめられた全集で挿絵と解説付き。7巻には同時代の圓朝評が掲載されており、この本でも随分引用させていただいた。神扱いする人もいればそうではない人もいて、芸人らしい圓朝が垣間見える。別巻には圓朝がコレクションした幽霊画などの写真資料が掲載されている。

古書店で入手しやすく、全巻揃いで出ていることも多い。1冊あたり800ページ前後でほぼ鈍器。

春陽堂版は古書店でも見かけることが少なくなった。岩波書店版で圓朝の速記はほぼ網羅できているので、春陽堂版は古書コレクションとして入手するくらいの用途になるだろう。大正から昭和初年あたりに出版され、現在は国立国会図書館デジタルコレクションで読むことができる（一部は個人向けデジタル化資料送信サービス）。挿絵はあるが解説はなし。当時は解説などなくても良かったのかもしれない。

旧仮名遣いで改行なしなので大層読みにくいが、圓朝の怪談を旧仮名遣いの文字で読むと禍々しさが増すので、一度見てほしい。

明治の演芸速記・談洲楼燕枝

前述のとおり、談洲楼燕枝の長編速記はほぼ残されていない。当時発刊された速記の一部が、国会図書館デジタルコレクションで読めるくらいで、これは麗々亭柳橋（春錦亭柳桜）、春風亭柳枝、快楽亭ブラック等にも言える。

談洲楼燕枝の長編「西海屋騒動」の導入部分と「続噺柳糸筋」は、立風書房『名人名演落語全集』第一巻明治篇で読むことができる。六代目柳亭燕路が談洲楼燕枝の全演目を記して解説しており、貴重な研究資料だ。

2巻から4巻にかけて春錦亭柳桜、春風亭柳枝、快楽亭ブラックの速記が掲載されている。

明治の演芸速記・百花園と後出の速記雑誌

まず、明治期の速記雑誌はほぼ入手できない。たまに古書店で見つけてもそれなりのお値段で、いわゆる希少本だ。『百花園』は国会図書館デジタルコレクションでも、令和6年現在1冊しか読めない。全部原本で読もうと思ったら、日外アソシエーツ『デジタル復刻版百花園』を、所蔵している図書館でみるしかない。このDVDは発刊当時（2014年）23万円で高くて買えなかった。無念。

『文芸倶楽部』などは国立国会図書館デジタルコレクションの個人向け送信サービスで読めるので、調べるには良いだろう。ただ、読みやすいかと言えば読みにくい。研究するには原本で読むのが良いと思うが、「昔はどんなふうにかけていたのか」を知るのであれば、復刻されたものを読む方がわかりやすい。

というわけで、『百花園』『文芸倶楽部』等に掲載された速記を復刻してまとめたものが、講談社『口演速記 明治大正落語集成』（全7巻）と普通社『落語名作全集・第二期』（全5巻）だ。ただし、どちらも古書店で入手する必要がある。

『口演速記 明治大正落語集成』は所蔵している図書館も多いだろう。明治から大正にかけて速記雑誌に掲載された速記を現代仮名遣いで読める。この全集の何が良いかと言えば、月報が資料の宝庫なのだ。月報もぜひ読んでほしい。もし古書店で買うのなら多少高くても月報付きを断然おすすめする。

『落語名作全集・第二期』は『口演速記 明治大正落語集成』と多くの演目が重複しているものの、解説もコラムも資料の宝庫でとても良い。こちらは国会図書館デジタルコレクションの送信サービスで閲覧可能だ。

同全集の5巻は上方落語と大正期の新作がまとめられており、今はかけられなくなった噺もあり資料としても貴重だ。三遊亭歌笑（さんゆうていかしょう）「わが生い立ちの記」もある。文字で読むと、なにか高尚な感じがする。

昭和の名人たち

昭和はテープ起こしによる速記本が実にたくさん出版された。特に青蛙房（せいあぼう）は噺家の個人集を数多く出版した。

青蛙房は岡本綺堂（きどう）の養子・岡本経一（きょういち）が創業した出版社なのだが、令和元（2019）年に廃業してしまった。在庫は神田神保町の古書店である八木書店が全て買い取ったという。研究書としても貴重な本が多く、復刊が望まれるところだ。

昭和の名人たちの速記の多くは青蛙房版である。『桂三木助集』『三遊亭小圓朝集』『柳家小さん集（全2巻）』『三代目三遊亭金馬集』『林家正蔵（八代目・林家彦六）集（全3巻）』『七代目春風亭柳橋』『七代目春風亭柳橋お直し』がある。断トツに収録数の多いのが『圓生全集』だ。その数、184席。「何回読んでも『こんな噺、あったっけ？』ってなる」と誰かが言っていたのだが、本当にその通りで「その演目は知らない」というのも多い。よくこれだけ持っていたものだ（落語家はかけられる演目を「持つ」といい、「その噺はまだ持ってない」という言い方をします）。

五代目古今亭志ん生の全集には、弘文出版と立風書房の版がある。文字で読んでも志ん生節は面白い。

昭和後半になると、映像やレコード、CDなどがメインとなったため、速記本自体が少なくなる。五代目三遊亭圓楽（さんゆうていえんらく）はマクラの本しか見当たらない。三一書房の『立川談志独り会』は余計なト書きがない速記本で、読めば談志の高座が脳内再生される。おすすめである。

余計な、ではないが口演を忠実に文字で再現しようとした安藤鶴夫（あんどうつるお）監修の速記本は、普通社の『落語名作全集・第一期』で読める。ト書きも細かいが解説もとても細かい。演出法まで語っている。

書籍は古書店でしか入手できないが、読むだけなら国会図書館デジタルコレクションで可能なものもある。

昭和前半の落語家の速記を全体的に読むのなら、筑摩書房『古典落語』（全5巻）がおすすめだ。ト書きが細かく入っているが、邪魔になるほどでもない（安藤鶴夫先生のト書きが邪魔だとは言ってない）。その落語家の十八番は抑えており、音源が残っているものも多いので併せて聴いてみるのも良いだろう。

落語は文学か

「芝浜」のホントのところ

「芝浜」は年末の風物詩とも言える演目だ。12月になればどこかの落語会で「芝浜」をかけている。さほど長い噺でもなく（しっかりやれば1時間は超えるが）、人情噺なので年末を気持ちよく終えるのにふさわしい。この噺が好きだという人も多いだろう。

芝浜は概ね（おおむ）文化・文政期あたりの芝浦を舞台にしていると思うのだが、できあがったのはどうやら幕末から明治のあたりらしい。「酔漢」「財布」「芝浜」をお題とした三題噺で、三遊亭圓朝が作ったと言われるが定かではない。安藤鶴夫によると、談洲楼燕枝もかけたらしい。

八代目林家正蔵（彦六）によると、昔の「芝浜」は拾った金でどんちゃんやっておしまいという形だったらしい。しかし、人情噺が本分だった圓朝や燕枝が幕末から明治にかけて改変し、大正になって四代目三遊亭圓生が概ね現在の形にした。様々な演者によって、現在に至るまでにブラッシュアップされてきたのだろう。

「芝浜」を十八番にした噺家と言えば、なんといっても三代目桂三木助だ。三木助の「芝浜」がほぼ現在の形と言っても良い。

特徴は、その描写の細やかさである。特に、主人公の魚屋の勝五郎が久しぶりに芝の浜に来たシーンの描写は有名だ。空が白々と明ける様子、寄せては返す波の様子を勝五郎に語らせ、「今日から生まれ変わって酒を飲まずに商いに出るぞ」と希望を持たせる。だからこそ、「四十二両」入った財布を拾った途端に豹変する描写が生きるという寸法だ。

速記を読むと、安藤鶴夫のト書きが入って来るのでいちいち中断させられるのだけれども（邪魔とは言ってない）、この部分を抜き書きすれば、文学作品を読んでいるようだ。

では三木助がこの文学的演出を初めてやったのかと言えば、どうもそうではないらしい。大正期の四代目圓生の速記でも、芝の海の様子が詳細に描かれている。今村信雄は、「ここが演者の見せ所であり、これを除いたら芝浜をやる意味がない。これがあるから金を拾った後の亭主の動転がある」と言っている。私などはサゲの「また夢になるといけない」が最高の見せ場かと思ってしまうのだが、そうではないようだ。

ただ、速記だけではわからないのだが、三木助の芝の浜の様子は高座になると確かにくどいかもしれない。なんかもう、財布拾ってめでたしで良いんじゃないか、と思ってしまう。

三木助渾身の浜の描写で「芝浜」が完結してしまうのだ。

志ん生の「芝浜」では、勝五郎は出かけたと思ったら財布を拾ってすっ飛んで帰って来る。芝の浜など見ていない。財布を拾ったと女房に説明する際に初めて海の様子を話すのだが、目を覚ますために「顔を洗った」「海にぼちょぼちょって入って」というくらいである。

詳しく語らない理由は、「そんなに芝の浜の描写をハッキリ長々語ってたら、夢じゃなくなっちまう」かららしい。一理ある。だから噺家によっては「俺ぁ、小さい時分からどうもやたらにはっきりとした夢を見る癖があった」と付け加えたりする。

立川談志の「芝浜」では、浜の描写はあるものの、延々と女房の愚痴を言っている。時間を間違えて起こされ眠い。文句も言いたくなる。これがリアルだろう。

三木助に芸の助言をしていたのが、安藤鶴夫であった。前述の通り、安藤は落語速記を文学として読めるようにしたがっていた人なので、三木助の「芝浜」は好みの演出だったのだろう。三木助の速記をみると、浜で海を眺めて語るシーンから財布を拾うまで、三木助の言葉と安藤のト書きと、メインはどっちだというくらいにト書きが多い（楽しそうだ）。

高座で見せるのは言葉か芸か

落語における文学的な表現について、多くの噺家は「必要ない」と言う。落語はリアリズムを追求する演芸で、その情景は「芸」で見せる。言葉に頼っていてはそれは「説明」「解説」であって「噺」ではないし「高座」ではない。三木助の高座の映像は残っていないけれども、音は残る。音だけの高座では、確かに浜の描写は素晴らしく目の前に浮かぶようだ。しかし、どうにもやっぱり言葉が多い。

言葉に頼らざるを得ない速記のみを残したのは三遊亭圓朝なのだが、その圓朝の『圓朝全集』について、岡本綺堂が「甲字楼夜話」の中で速記ゆえの悩みを書いている。

20代の若者（大正当時）が『圓朝全集』を読んで「つまらない。これが本当に名人なのか」と綺堂に聞いてきた。大正時代に20代なのだから圓朝の高座を知らない。綺堂はギリギリ圓朝を聴いている。綺堂は「そりゃ当然だ」と答えた。

『圓朝全集』は圓朝の口演を速記したものだから、それは単なる活字である。高座とは違うのだし、たとえ相当の興味を感じられたとしても実際の高座にはかなわない。

さらに綺堂は、全集の速記は新聞連載のために編集が加筆修正した部分も多く、演じるうえでの引き算の芸の妙味は失われていると述べる。そういう事情があるのに批評されてしまうのだから、噺家は高座でのみ、戯曲家は舞台でのみ発表するのが安全だ。

そして綺堂は結ぶ。「しかし、今日ではさうも行かない。圓朝は活字の上で批評をうけ、戯曲作者は活字の上で批評を受けなければならないのである」（「甲字楼夜話」）

圓朝については、あの渋沢栄一も文を残している。

> 殊に三遊亭圓朝が大の好きで、よく聴いた。（中略）その話しぶりも実に上品で、他の落語家のやうに通り一遍のものでなく、自分自身が涙をながして話したくらゐで、従つて感銘も深かつた。
>
> （大日本雄弁会講談社「落語全集・上」序文）

圓朝でも自分で演って泣いていたのだから、五代目三遊亭圓楽が「芝浜」を泣きながら演ってもそれはそれで有りなのだ。

渋沢によると「井上（馨）侯がひどく贔屓であつた。川田（小一郎）も随分贔屓にした、大倉も馬越も皆圓朝贔屓で、その時分圓朝の速記本が出ると夢中になって読んだものだった（『円朝遺聞』）」そうで、当時の偉い人たちも速記本を読んでいたことがわかる。しかし彼らが読んだのは、圓朝のリアル高座ありきの速記だ。知っているのといないのとでは、やはり読み方が違う。文学的な表現を高座の上で芸として聴いたからわかることがある。速記だけでは高座の芸がわからないのは当然なのだ。

圓朝の噺は、音が残っていないからこそ、圓朝に稽古を受けた噺家たちが口述で伝え、後世の噺家たちは独自の芸で圓朝噺を創り上げてきた。圓朝のコピーを量産せずに済んだとも言える。もっとも、それが圓朝を神格化させているのだとも思うのだが。

三木助は「芝浜の三木助」と呼ばれ、存命中は誰も「芝浜」をかけなかった。それだけ三木助の「芝浜」は、他の噺家の「芝浜」とは別格であり別物だった。

三木助は「第29回東横落語会」直前に急逝し、この代演を志ん生が務めた。演目は「芝浜」だ。

「三木助さんが、ちょっとこの、遠方の方に行っちまって…」

滅多にかけない「芝浜」を、三木助を偲んで、しかしばっちり志ん生の形でやった。

三木助の「芝浜」は五代目柳家小さんが継承したという。死期のせまった三木助が枕元の小さんに「俺の『芝浜』を覚えてみんなに教えてやってくれ」と言ったそうだ。その後、小さんが「東横落語会」でかけたのは、三木助の「芝浜」だった。この瞬間「芝浜」は文学として継承される運命となったのだろう。

おわりに

明治期の演芸速記には、その時代の空気感がリアルにしみこんでいて、現代の高座や小説との違いにしばしば驚く。今では絶対に書けない言葉や演出が文字となって残っているため、その時その場所のリアルな音として、ダイレクトにぶつかってくるのだ。

名作とされている圓朝噺でも、今では圓朝の速記通りにやったら席亭が青くなって飛んでくるほどに、放送自粛用語のオンパレードだ。女性の描き方も「色恋にほだされる哀れな女」でモヤる。寄席から人がいなくなったという「四谷怪談」も、令和なら「ルッキズムさいてーー」となるところだ。しかし、明治の世では真実だったし、今だってある意味、的を射ている部分があるだろう。

落語屈指のラブコメ噺「宮戸川（みやとがわ）」も、明治の速記を読むと後半の展開がショック過ぎて発熱ものだ。後半を現在かける人がいない理由は偏に「胸糞」だからである。しかし、当時はこれを芝居噺でとっくりとかけていた。しかも寄席で。そりゃ悪所と言われるわけである。

エログロナンセンス的な表現も多い。「駱駝」はのっけから町内のゴロツキである通称・駱駝が死んでいるという、今でもなかなかぶっ飛んだ話なのだが、この物語の中で「屑屋」が死んだ駱駝の髪を剃るシーンがある。現在はちゃんと剃刀を使うのだが、大正14（1925）年の三代目柳家小さんの口演では「剃刀だってありゃアしねえ」と、髪の毛を「手で引っこ抜く」。こんなのを寄席で見たら泣く。ト書きがなくて良かった。

「なめる」は、エログロナンセンスが全て揃った噺なのだが、元々は「乳の下にあるできもの」ではなく、もっと下の部位を舐めさせる話だったらしい。別タイトル「菊重ね」もここから来ている。

明治32（1899）年の三代目春風亭小柳枝の口演速記では既に「お乳の下のお腫物（おでき）」になっていた。それでもこの噺は、よほど腕がないと気持ち悪さが先立ってしまうという。しかし、速記にすると「腫物」と「膿」の漢字の組み合わせで既にダメだ。四代目圓生の十八番となり、四代目円蔵から六代目圓生に継承され、圓生一門のお家芸となったらしい。知らなかった。

サクッと隙を突いてくる案件もある。

「紺屋高尾」は講釈種で、大正期に初代篠田実の浪曲で一気に全国に広まったという。ここに「医者はまずいが女郎買いは名人」という藪医者・藪井竹庵先生が登場するのだが、六代目圓生と五代目圓楽の形では「お玉が池の竹之内蘭石」なのである。

蘭石先生の出自はどこだろうと明治の速記を調べていると、明治31（1898）年の柳亭左楽の口演「紺屋の思い染め」があった。何ともロマンチックなタイトルである。さて、医者は誰か。

「横丁に寸伯老と云ふ太鼓持医者が有りますから」。誰だお前。

どうも明治期は藪医者と言えば寸伯老だったらしく、その腕は泥棒も逃げ出すほどのヤブだったという。ところで、同じ読みの漢字に「寸白」がある。サナダムシのことである。当時の人にとっては寄生虫による病気はめずらしくなかったから、高座で「スバク」と聴けば、容易に「サナダムシ先生w」となっただろう。まったく油断ならない（蘭石先生の出自はわからないままです）。

こうやってみていくと、不適切表現のなんと多いことか。だがしかし、この表現でなくては伝わらない当時の空気が確かにあった。その記録が、演芸速記なのである。

現代は、これらのタブーを見せることすらご法度で、優しさと甘さと忖度で包んだ言葉を拵えて供す。しかし、人間の本性などそうそう変わるものではない。綺麗に塗り固めて無かったことにする方がよっぽど恐ろしいではないか。
先人が文字に写した高座は、大衆の声の歴史だ。音でも映像でもなく、文字だからこそ見える人間の深淵を、覗（のぞ）いてみてほしい。

最後に、資料の読み込みと脱線で度々筆が滞ってしまう私を、鼓舞しつつジワジワと間を詰めて、絶妙なタイミングで発破を掛けてくださった淡交社の加納慎太郎さん、オタク全開のニッチ過ぎる本にナイスなタイトルを与えてくれたスタッフのみなさま、こむずかしい顔の圓朝像にキュートでポップな命を与えてくださった大嶋奈都子さん。みなさまのおかげで完走できました。感謝いたします。

病み上がりの夜明け前、葛飾菖蒲の地にて　櫻庭由紀子

参考文献

『明治開化期文学の研究』興津要／桜楓社
『転換期の文学：江戸から明治へ』興津要／早稲田大学出版部
『落語と小説の近代――文学で「人情」を描く』大橋崇行／青弓社
〈奇〉と〈妙〉の江戸文学事典』長島弘明／文学通信
『新聞小説史〈明治篇〉』高木健夫／国書刊行会
『日本語スタンダードの歴史　ミヤコ言葉から言文一致まで』野村剛史／岩波書店
『立川文庫の英雄たち』足立巻一／中央公論社
『大衆文学』尾崎秀樹／紀伊國屋書店　復刻版
『名作挿絵全集〈第1巻〉明治篇』平凡社
『江戸落語便利帳――附・落語事典 長編人情噺／文芸噺編』吉田章一／青蛙房
『落語の世界』今村信雄／平凡社
『漱石と落語』水川隆夫／平凡社
『日本近代文学入門　12人の文豪と名作の真実』堀啓子／中央公論新社

『明治文学史』中村光夫／筑摩書房
『日本語の歴史』山口仲美／岩波書店
『日本速記事始――田鎖綱紀の生涯』福岡隆／岩波書店
『ことばの写真をとれ――日本最初の速記者・若林玵蔵伝』藤倉明／さきたま出版会
『若翁自伝』若林玵蔵／若門会
『速記の話』佃与次郎／佃速記塾
『幕末明治百物語』一柳廣孝・近藤瑞木／国書刊行会
『明治の探偵小説』伊藤秀雄／晶文社
『落語裏ばなし――寄席文字にかけた六十年』橘右近／実業之日本社
『増補　落語事典』東大落語会／青蛙房
『新伊蘇普物語』佐藤治郎吉（流楊子）／博文館
『江戸に就ての話　増訂版』岡本綺堂／青蛙房
『綺堂劇談』岡本綺堂／青蛙房
『小説　圓朝』正岡容／三杏書院
『こしかたの記』鏑木清方／中央公論美術出版
『連翹』鏑木清方／大雅堂
『探偵小説四十年（上）～江戸川乱歩全集第28巻～』江戸川乱歩／光文社
『近世物語文学　第8巻』式亭三馬「浮世床」／雄山閣出版

『近代日本文学大系 第20巻（為永春水集）』／誠文堂
『西洋道中膝栗毛：万国航海』仮名垣魯文／聚芳閣
『笑談五種（袖珍名著文庫：第38編）』林屋正蔵著・幸田露伴校訂／富山房
『日本現代文学全集 第４（坪内逍遙・二葉亭四迷集）』講談社
『夏目漱石 續』森田草平／甲鳥書林
『銭形平次捕物全集 第１』野村胡堂／河出書房
『殺人芸術』R・チャンドラー他／荒地出版社
「思ひ出草　三十年前の講談落語」今村次郎／『日本速記協会雑誌』
https://soai.repo.nii.ac.jp/record/1259/files/AN1011857X_20090300_1246.pdf
「資料・黎明期速記者発言抄」山本和明／相愛大学研究論集
https://jpsearch.go.jp/gallery/NationalTheatre-2ozxMOR7p7X
企画展「口絵・挿絵でたどる演芸速記本」デジタルアーカイブジャパン推進委員会・実務者検討委員会

演芸速記集

『三遊亭圓朝全集7』／角川書店
『円朝全集』／春陽堂
『四谷怪談』春錦亭柳桜 口演／一二三館
『円朝落語集』三遊亭小遊三 口演／春江堂
『圓生全集』／青蛙房
『名人名演落語全集〈第一巻　明治篇1〉』／立風書房
『名人名演落語全集〈第五巻　大正篇〉』／立風書房
『古典落語』／筑摩書房
『落語名作全集』全巻及び月報／普通社
『落語名作全集　第二期』全巻及び月報／普通社
『落語選集』／楽々社
『名作落語全集』騒人社書局
『落語全集』（非売品）／大日本雄弁会講談社

『古典落語４００年特選集』／新風出版社
『口演速記 明治大正落語集成』全巻及び月報／講談社

櫻庭由紀子（さくらば・ゆきこ）

各媒体の執筆、創作を行う文筆家・戯作者。伝統芸能、歴史（江戸・幕末明治）、日本文化の記事執筆の他、ドキュメンタリーなども手掛ける。著書に『噺家の女房が語る落語案内帖』『江戸の怪談がいかにして歌舞伎と落語の名作となったか』『浮世絵と芸能で読む江戸の経済』『江戸でバイトやってみた。――古地図で歩く大江戸八百八町萬職業図鑑』など。噺家・三遊亭楽松の女将として、同氏のサポート兼広報などとしても活動。

AD　三木俊一
デザイン　宮脇菜緒（文京図案室）
イラスト　大嶋奈都子

落語速記はいかに文学を変えたか

2024年3月31日　初版発行

著者
櫻庭由紀子

発行者
伊住公一朗

発行所
株式会社 淡交社
本社　〒603-8588　京都市北区堀川通鞍馬口上ル
営業　075-432-5156　編集　075-432-5161
支社　〒162-0061　東京都新宿区市谷柳町39-1
営業　03-5269-7941　編集　03-5269-1691
www.tankosha.co.jp

印刷・製本
中央精版印刷株式会社

ISBN978-4-473-04586-7